EL
ESTRECHO
SENDERO
ENTRE DESEOS

EL
ESTRECHO
SENDERO
ENTRE DESEOS

Patrick Rothfuss

Ilustraciones de
Nate Taylor

Traducción de
Gemma Rovira

PLAZA **[PJ]** JANÉS

Papel certificado por el Forest Stewardship Council®

Título original: *The Narrow Road Between Desires*
Primera edición: febrero de 2024

© 2023, Patrick Rothfuss
© 2023, Nate Taylor, por la ilustraciones
© 2024, Penguin Random House Grupo Editorial, S. A. U.
Travessera de Gràcia, 47-49, Barcelona 08021
© 2024, Gemma Rovira Ortega, por la traducción

Printed in Spain – Impreso en España

ISBN: 978-84-01-03297-4
Depósito legal: B-21421-2023

Compuesto en Comptex & Ass., S. L.

Impreso en Rotoprint by Domingo, S. L.
Castellar del Vallès (Barcelona)

L 0 3 2 9 7 4

Para mis queridos hijos, Oot y Cutie.
Mis historias favoritas son las que nos contamos entre nosotros.
Sois lo mejor de mi vida. Os merecíais a un padre perfecto,
pero me alegro de que me tengáis a mí.

PAT

Para Grace, que me enseña a ser atrevido
y me recuerda que hay magia en lo cotidiano.

NATE

PRÓLOGO DEL AUTOR

Quizá no quieras comprar este libro.

Lo sé, se supone que un autor no debe decir estas cosas. Pero prefiero ser sincero contigo desde el principio.

En primer lugar, si no has leído mis otros libros, es preferible que no empieces por este.

Mis dos primeros libros se titulan *El nombre del viento* y *El temor de un hombre sabio*. Si sientes curiosidad por mi obra, empieza por ahí. Son la mejor introducción a mis palabras y a mi mundo. Este libro trata sobre Bast, uno de los personajes de esa serie. Y, aunque he hecho todo lo posible para que esta historia se sostenga sola, si empiezas por aquí te vas a perder mucho contexto.

Y segundo: si has leído mis otros libros, debes de saber que en su día ya se publicó una versión de esta historia. Hace mucho mucho tiempo. Antes de la COVID.

Cuando Twitter era divertido, y el mundo era verde y nuevo.

Es decir, hace algo menos de diez años. Publiqué una

versión de esta historia con el título «El árbol del relámpago» dentro de una antología titulada *Canallas*. Hablo un poco de eso en la nota del autor que he puesto al final de este libro, pero baste decir que la versión que tienes en las manos es muy diferente: la he reescrito de forma obsesiva, he añadido más de quince mil palabras y he trabajado con el fabuloso Nate Taylor para incluir cuarenta ilustraciones.

Dicho esto, si leíste «El árbol del relámpago» en su momento, ya conoces de qué va esta historia. Hay muchas cosas distintas, muchos cambios, muchos añadidos, pero el fondo es el mismo. De modo que, si vas en busca de algo completamente nuevo, aquí no lo encontrarás.

En cambio, si quieres saber más sobre Bast, este libro tiene mucho que ofrecerte. Si sientes curiosidad por los tratos feéricos y los deseos secretos que puede encerrar el corazón. Si sientes curiosidad por una magia que en mis otros libros apenas se vislumbra. Si quieres saber más sobre lo que hace Bast en su tiempo libre en el pueblecito de Newarre…

Pues bien, entonces este libro quizá sea para ti.

AMANECER: ARTE

Bast casi había conseguido salir por la puerta trasera de la posada Roca de Guía.

Estrictamente hablando, lo había conseguido: ambos pies habían traspasado el umbral y a la puerta solo le faltaba una rendija para cerrarse.

Entonces oyó la voz de su maestro y se quedó completamente quieto. Sabía que no había cometido ningún fallo. Conocía a la perfección hasta el más leve sonido que pudiese oírse en la posada. No se trataba de los sencillos trucos que cualquier chiquillo consideraría astutos: llevar los zapatos en la mano, dejar abiertas previamente las puertas que chirrían, amortiguar las pisadas caminando por la alfombra…

No. Bast sabía mucho más. Sabía moverse por una habitación sin apenas desplazar el aire. Sabía qué escalera suspiraba si había llovido la noche anterior, qué ventanas se abrían con facilidad y qué postigos atrapaban el viento. Sabía cuándo valía la pena dar un rodeo por fuera y subir al tejado porque haría menos ruido que si iba por el camino más corto, por el pasillo de arriba.

Para muchos, habría bastado con eso. Pero en las raras ocasiones en que de verdad le importaba, para Bast el éxito era más aburrido que contemplar la superficie opaca y gris de un cenagal. Le parecía bien que los demás se conformaran con la excelencia. Él era un artista.

Por eso sabía que el verdadero silencio no era natural. Para el oído atento, el silencio sonaba como un cuchillo que rasga la oscuridad.

Así que, cuando Bast se deslizaba por la posada vacía, pisaba las tablas del suelo como si tocara un instrumento. Un suspiro, una pausa, un chasquido, un chirrido. Sonidos que sorprenderían a un huésped que intentase conciliar el sueño. Pero para alguien que vivía allí… no era nada. Era menos que nada. Era el cómodo sonido de unos pesados huesos de madera que se encajaban poco a poco en la tierra, tan fácil de ignorar como el amante que por las noches se remueve a tu lado en la cama.

Consciente de todo eso, Bast miró la puerta. Mantenía bien engrasadas las relucientes bisagras de latón, pero aun así corrigió la posición de la mano y tiró del picaporte hacia arriba para que el peso de la hoja no descendiera. Y entonces sí dejó que se cerrase lentamente. Una mariposilla nocturna habría hecho más ruido.

Se irguió cuan alto era y sonrió. Su semblante era tierno, pícaro, salvaje. En ese momento, más que un joven disoluto, parecía un niño travieso que hubiese robado la luna y planease comérsela como si fuese un fino y pálido pastel plateado. Su sonrisa era como el último creciente de la luna: blanca, afilada, peligrosa.

—¡Bast! —Volvían a llamarlo desde dentro de la posada, y esta vez la voz sonaba más fuerte. No fue nada tan burdo como un grito. Su maestro no berreaba como un granjero que llama a sus vacas, y sin embargo su voz llegaba tan lejos como un cuerno de caza. Bast sintió que la voz tiraba de él como si una mano le oprimiese el corazón.

Suspiró, abrió la puerta y entró de nuevo con paso enérgico y ligero. Caminaba como si bailase. Era alto, moreno, bello. Cuando fruncía el ceño, su cara seguía transmitiendo más ternura que la de otros cuando sonreían.

—¡Dime, Reshi! —contestó alegremente.

Al cabo de un momento, el posadero entró en la cocina. Llevaba puesto un impoluto delantal blanco y tenía el pelo rojo. Su rostro transmitía la imperturbable placidez de los posaderos aburridos. Pese a ser muy temprano, parecía cansado.

Le tendió a Bast un libro encuadernado en cuero.

—Casi se te olvida esto —dijo sin la más leve pizca de sarcasmo.

—¡Ah! ¡Gracias, Reshi! —dijo Bast fingiendo sorpresa.

—De nada, Bast. —Los labios del posadero formaron una sonrisa—. Ya que vas a salir, ¿te importaría traer unos huevos?

Bast asintió y se guardó el libro bajo el brazo.

—¿Algo más? —preguntó.

—Quizá unas zanahorias. Esta noche podríamos preparar un guiso. Hoy es Abatida; tenemos que estar preparados para recibir a mucha gente. —Cuando dijo eso, una comisura de su boca se torció ligeramente hacia arriba.

—Huevos y zanahorias —dijo Bast obediente.

El posadero hizo ademán de darse la vuelta, pero entonces se detuvo.

—Ah, ayer vino el chico de los Tilman. Preguntaba por ti.

Bast ladeó la cabeza y puso cara de desconcierto.

—Creo que es el hijo de Jessom, ¿no? —aportó el posadero a la vez que colocaba una mano más o menos a la altura del pecho—. ¿Pelo castaño oscuro? Dijo que se llamaba... —No terminó la frase y entrecerró los ojos mientras hacía memoria.

—Rike. —Bast dejó caer el nombre como una masa de hierro candente, y rápidamente se apresuró a añadir, con la esperanza de que su maestro no lo notara—: Los Tilman son los leñadores que viven al sur del pueblo. No tienen esposas ni hijos. ¿No era Rike Williams? Ojos oscuros. Desaliñado. —Bast pensó un momento, preguntándose qué más podía decir para describir al niño—. Seguramente parecería nervioso, ¿no? Como si quisiera demostrar que no había venido a robar nada.

Eso último hizo brillar un destello de reconocimiento en la cara del posadero, que asintió con la cabeza.

—Dijo que te estaba buscando, pero no dejó ningún mensaje… —Miró a Bast con una ceja arqueada. Su mirada iba mucho más allá que sus palabras.

—No tengo ni idea de qué puede querer —dijo Bast con aparente sinceridad. De hecho estaba siendo sincero. Pero él, mejor que nadie, sabía qué valor tenía eso. No es oro todo lo que reluce, y a veces valía la pena esforzarse un poco para que pareciese que eras lo que realmente eras.

El posadero asintió con la cabeza, hizo un ruidito evasivo y regresó a la taberna. Si dijo algo más, Bast no lo oyó, pues ya corría ligero por la hierba cubierta de rocío y bajo la estremecedora luz gris azulada del amanecer.

MAÑANA: EMBRIL

Cuando llegó Bast, el sol asomaba por encima de los árboles y teñía las nubes, finas y escasas, de pálidos tonos rosa y violeta.

Ya había dos niños esperando en el claro. Respetuosos, se mantenían a cierta distancia de la cima de la pequeña colina y jugaban en el enorme itinolito medio caído que estaba al pie: trepaban por un lado para luego saltar y, riendo, caer sobre la hierba crecida.

Consciente de que lo observaban, Bast se tomó su tiempo para remontar la colina. En lo alto estaba lo que los niños llamaban «el árbol del rayo», aunque lo único que quedaba de él era un tronco grueso, roto, sin ramas. Aquel árbol debía de haber sido enorme, pues hasta sus restos eran tan altos que Bast apenas alcanzaba a tocar la parte de arriba.

La corteza se había desprendido hacía mucho y, con los años, el sol había desteñido la madera desnuda hasta tornarla blanca como los huesos, excepto alrededor del irregular extremo superior. Allí, incluso después de tanto tiempo, la madera estaba completamente negra y carbonizada. Como si el rayo hubiese querido firmar su obra, por lo que quedaba del tronco descendía una marca varias veces bifurcada, negra y cruel: su retrato grabado en la madera blanca.

Bast alargó la mano izquierda y tocó el tronco liso con la yema de los dedos mientras, despacio, daba una vuelta completa alrededor del árbol. Caminó en el sentido contrario a las agujas del reloj, girando contra el mundo. Como se gira para romper. Tres veces.

Luego cambió de mano y caminó despacio alrededor del árbol en la dirección opuesta, girando como gira el sol. Tres lentos círculos en el sentido de las agujas del reloj. Como se gira para crear. Así siguió mientras los niños lo observaban, hacia un lado y hacia el otro, como si el árbol fuese una bobina que él enrollara y desenrollara.

Por último, Bast se sentó y apoyó la espalda en el árbol. Dejó el libro encima de una piedra, cerca de él; el sol naciente se reflejaba, rojo, en el oro martillado del título: *Celum Tinture*.

Entonces Bast se distrajo lanzando piedras al riachuelo que surcaba la ladera de la colina, al otro lado del itinolito.

Al cabo de un minuto, una niña rubia de cara redonda empezó a subir fatigosamente la colina. Era Brann, la hija pequeña del panadero. Olía a sudor, a pan y a… algo más. Algo que no encajaba.

La niña se aproximó con lentitud, como si realizara un ritual. Coronó la pequeña colina y se quedó un momento allí plantada; los únicos ruidos que se oían eran los que hacían los otros niños, que seguían abajo y habían reanudado sus juegos.

Al final Bast giró la cabeza y miró a la niña. No tendría más de nueve años, iba un poco mejor vestida y estaba mejor alimentada que la mayoría de los otros niños del pueblo. Llevaba un paño blanco en la mano.

Nerviosa, ella dio un paso adelante y tragó saliva.

—Necesito una mentira.

Bast asintió sin mudar la expresión.

—¿De qué tipo?

Brann abrió la mano con cuidado y dejó al descubierto una gran mancha roja en el paño. La tela se le había adherido un poco a la mano, un vendaje improvisado. Bast asintió y comprendió qué era aquel olor que había detectado antes.

—Estaba jugando con los cuchillos de mi madre —dijo Brann avergonzada.

Bast tendió una mano y la niña se acercó un poco más a él. Bast le retiró el paño con sus largos dedos y examinó el corte. Ocupaba todo el pulpejo de la mano, pero no era demasiado profundo.

—¿Te duele mucho?

—Menos que los golpes de vara que me dará si se entera de que he estado tocando sus cuchillos —masculló Brann.

Bast la miró.

—¿Has limpiado el cuchillo y lo has devuelto a su sitio?

Brann asintió.

Bast se tocó los labios con la yema de los dedos, pensativo.

—Te ha parecido ver una gran rata negra. Te has asustado. Le has lanzado un cuchillo y te has cortado. Ayer un amiguito te contó que las ratas les comen las orejas a los soldados mientras duermen. Anoche tuviste pesadillas.

Brann se estremeció.

—¿Quién me contó esa historia?

Bast le quitó importancia a la pregunta con un ademán.

—Escoge a alguien que te caiga mal.

La niña sonrió con malicia.

Bast empezó a contar con los dedos:

—Pon un poco de sangre fresca en el cuchillo y déjalo por ahí tirado. —Señaló el paño con que la niña se había envuelto la mano—. Deshazte de eso. La sangre está seca, es obvio que es vieja. ¿Sabes hacer ver que lloras?

La niña negó con la cabeza; parecía un poco avergonzada.

—Ponte sal en los ojos —dijo Bast escuetamente—. Y quizá un poco de pimienta en la nariz. No vayas hasta que te resbalen las lágrimas y los mocos por la cara. Y entonces… —Bast levantó un dedo a modo de advertencia—. Intenta no llorar. No te sorbas la nariz. No parpadees. Cuando tu madre te pregunte qué te ha pasado en la mano, dile que lo sientes mucho si el cuchillo se ha estropeado.

Brann escuchaba atentamente; al principio asentía despacio con la cabeza, y luego más deprisa. Sonrió.

—Vale. —Miró nerviosa alrededor—. ¿Qué te debo?

—¿Algún secreto? —le preguntó Bast.

La hija del panadero reflexionó durante un minuto.

—¡La viuda Creel se acuesta con el marido de la molinera! —dijo esperanzada.

Bast agitó una mano como si espantara una mosca.

—Hace años. Eso no es ningún secreto —dijo—. Lo sabe todo el mundo, incluida su mujer. —Se frotó la nariz—. ¿Qué llevas en los bolsillos?

La niña hurgó un poco con la mano ilesa y la sacó. En ella tenía un trozo de cuerda enredada, dos ardites de hierro, una piedra verde, un botón azul y un cráneo de pájaro.

Bast cogió la cuerda. Luego, con cuidado de no tocar los ardites, pescó la piedra verde de entre el resto de las cosas. Era plana y de forma irregular, y tenía grabada la cara de una mujer dormida.

—¿Es un embril? —preguntó sorprendido.

Brann se encogió de hombros.

—Parece una pieza de un telgimario. Sirven para adivinar el futuro.

Bast expuso la piedra a la luz.

—¿De dónde la has sacado?

—Hice un intercambio con Rike —respondió Brann—. Me dijo que era un ordal, pero... él solo...

Los ojos de Bast se achicaron cuando oyó el nombre del niño, y sus labios dibujaron una línea recta.

Brann, que había tardado en darse cuenta de su error, se quedó callada. Desvió la mirada hacia aquí y hacia allá, poniendo en evidencia su nerviosismo.

—Yo... —Se pasó la lengua por los labios, aturullada—. Me has preguntado...

Con gesto avinagrado, Bast miró la piedra como si hubiese empezado a oler mal. Estuvo a punto de lanzarla al riachuelo de puro fastidio.

Entonces se lo pensó mejor y la lanzó al aire como si fuese una moneda. La atrapó y abrió la mano para dejar al descubierto el otro lado de la piedra. En ese lado, la mujer grabada tenía los ojos abiertos y sonreía.

Bast la frotó con los dedos con aire pensativo.

—De acuerdo, esto. Y un bollo dulce todos los días durante un ciclo entero.

—Ese emerel o lo que sea —dijo Brann—, y la cuerda

que has cogido, y te traeré un bollo más tarde, recién salido del horno. —Lo dijo manteniendo la expresión firme, pero su voz subió un poco de tono al final de la frase.

—Dos bollos —replicó Bast—. Pero si son de arce, no de melaza.

La niña titubeó un momento, pero asintió.

—¿Y si de todas formas me dan con la vara? —preguntó.

—Eso es asunto tuyo. —Bast se encogió de hombros—. Querías una mentira. Te he dado una muy buena. ¿Quieres que te saque de un apuro personalmente? Eso es otro trato completamente distinto.

La hija del panadero parecía un poco disgustada, pero se dio la vuelta y empezó a descender la colina.

El siguiente en subir fue un hijo de los Alard. Eran un montón, producto de varias familias que se mezclaban y se combinaban constantemente. Se parecían todos mucho, y Bast nunca se acordaba de quién era quién.

Aquel estaba furioso como solo puede estarlo un niño de diez años. Llevaba ropa harapienta y hecha en casa; tenía un labio partido y una costra de sangre seca alrededor de un orificio nasal.

—¡He pillado a mi hermano besando a Grett detrás del molino viejo! —dijo el niño en cuanto coronó la colina, sin esperar a que Bast le preguntara nada—. ¡Él sabía que me gustaba!

Bast abrió las manos y miró alrededor, encogiéndose de hombros en un gesto de impotencia.

—¡Venganza! —dijo el niño con rabia.

—¿Pública o secreta? —preguntó Bast.

El niño se tocó el labio partido con la punta de la lengua.

—Venganza secreta —contestó en voz baja.

Aquel gesto le refrescó la memoria a Bast: era Kale. Una vez había intentado cambiarle a Bast un par de ranas por «una maldición que haga que alguien no pueda parar de echarse pedos». Las negociaciones se habían ido acalorando hasta fracasar. El chico tenía el cerebro más espeso que las gachas de un príncipe, pero Bast, aunque con reticencias, todavía sentía admiración por él.

—¿Cuánta venganza? —preguntó Bast.

El niño caviló un poco; luego levantó las manos y las separó marcando una distancia de medio metro.

—Así.

—Hum—dijo Bast—. ¿Cuánta en una escala que va de ratón a toro?

El niño se frotó la nariz.

—Más o menos del tamaño de un gato —dijo—. O quizá de un perro. Pero no como los perros de Martin el Chiflado. Como los perros de los Benton.

Bast echó la cabeza hacia atrás, como si reflexionara sobre eso.

—Vale —dijo—. Méate en sus zapatos.

El niño se mostró escéptico.

—Eso no es una venganza del tamaño de un perro.

Bast hizo un movimiento apaciguador con la mano en la que tenía la piedra verde.

—Te meas en una taza y la escondes. Déjala reposar un par de días. Luego, una noche, cuando él deje sus zapatos junto al fuego, échales el meado dentro. No hagas un charco, solo mójalos un poco. Por la mañana, los zapatos se habrán secado y seguramente ni siquiera olerán…

—¿Y qué gracia tiene eso? —estalló Kale, y levantó las manos en un gesto de frustración—. ¡Eso es una venganza de pulga!

Bast continuó como si el niño no hubiese hablado.

—Haz eso tres noches seguidas. Que no te pillen. No te pases. Humedécelos solo un poco para que estén secos por la mañana.

Bast levantó una mano antes de que Kale lo interrumpiera.

—Después, cuando le suden los pies, empezará a oler un poco a pis. —Bast observó la cara de Kale mientras continuaba—. ¿Que pisa un charco? Luego olerá a pis. ¿Que por la mañana el rocío le moja los pies? Olerá un poco a pis.

—¿Solo un poco? —dijo Kale desconcertado.

Bast dio un suspiro ruidoso, exagerado.

—Así será fácil que no se dé cuenta y difícil que averigüe de dónde proviene el olor. Y, como solo olerá un poco, acabará acostumbrándose.

El niño se quedó pensativo.

—Y ya sabes que el pis de varios días huele cada vez peor, ¿no? Él se acostumbrará, pero los demás no. —Bast sonrió—. Me juego algo a que Grett no querrá besar al chico que se mea encima.

La admiración iluminó el semblante del niño como la luz del amanecer.

—Eso es la cosa más cruel que he oído jamás —dijo.

Bast intentó parecer modesto, pero no pudo.

—¿Tienes algo para mí?

—He encontrado una colmena de abejas silvestres —respondió el niño.

—No está mal para empezar —dijo Bast—. ¿Dónde?

—Más allá de la casa de los Orrison. Más allá de Littlecreek. —El niño se puso en cuclillas y, con unos pocos trazos, dibujó un mapa asombrosamente claro en el suelo—. ¿Lo ves?

Bast asintió.

—¿Algo más?

—Bueno… —Miró hacia arriba y hacia un lado—. Sé dónde guarda Martin el Chiflado su alambique.

Bast arqueó las cejas.

—¿En serio?

El niño se apartó un poco, se arrodilló y conectó otro mapa con el primero; mientras hablaba, iba dibujando casi distraídamente.

—Cruzas dos veces este tramo del río —dijo—. Luego tendrás que rodear unas rocas, porque parece que no se puedan escalar. Pero hay un senderito que apenas se ve. —Añadió otra línea en el suelo, entonces miró a Bast con los ojos entornados—. ¿Estamos en paz?

Bast examinó el mapa; luego lo barrió con una mano de una pasada, borrando los trazos.

—Estamos en paz.

—También tengo un mensaje para ti. —El niño se levantó y se sacudió el polvo de las rodillas—. Rike dice que quiere hablar contigo.

Los labios de Bast dibujaron una línea fina e incolora.

—Rike ya conoce las normas —dijo Bast con voz seria; al pronunciar ese nombre sintió que se le clavaba una espina en la garganta—. Dile que no.

—Ya se lo he dicho —replicó Kale, y levantó los hombros hasta tocarse con ellos las orejas—. Pero, si lo veo, se lo diré otra vez…

•••»•»❍•»•••

A continuación, Bast se puso *Celum Tinture* debajo del brazo y fue a dar un paseo sin rumbo fijo. Encontró frambuesas silvestres y se las comió. Saltó una valla para beber agua del pozo de los Ostlar y acarició a su perro. Encontró un palo interesante y lo usó para tocar cosas hasta que tiró al suelo un nido de avispones que no estaba tan abandonado como él creía. En la espantada perdió el palo, resbaló por una pendiente de piedras sueltas y se hizo un desgarrón en una rodilla del pantalón.

Al final, Bast escaló hasta lo alto de un risco donde un acebo viejo y retorcido se extendía contra el cielo. Dejó el libro encuadernado en piel apoyado en una rama; entonces metió la mano en un agujero redondo que había en el tronco del árbol. Al cabo de un momento, extrajo un paquetito oscuro que le cabía en la palma de la mano.

Desdobló el paquete, que resultó ser un saco de piel blanda y oscura. Aflojó el cordón y metió dentro el liso y verde embril. Al caer, hizo un débil tic, como si una canica chocara con otras canicas.

Fue a dejar el saquito en su sitio, pero se lo pensó un momento y se sentó con las piernas cruzadas en el suelo. Apartó hojas y ramitas, metió una mano dentro del saquito y removió distraídamente su contenido. Hizo un ruido extraño y complejo: sonó a madera, piedra y metal empujándose unos a otros.

Bast cerró los ojos y contuvo la respiración; entonces sacó la mano y lanzó el contenido al aire.

Abrió los ojos y vio caer rodando cuatro embriles. Tres

de ellos formaron un burdo triángulo: un trozo de cuerno blancuzco con un creciente de luna tallado, un disco de arcilla con una ola estilizada y un azulejo con un caramillero danzarín. Fuera del triángulo había un objeto que semejaba media moneda de hierro, pero que no lo era.

Bast los miró y arrugó ligeramente el ceño. Volvió a cerrar los ojos y contuvo la respiración; metió otra vez la mano en el saquito y lanzó de nuevo al aire. Esta vez, el objeto cayó entre el embril de cuerno y el de arcilla: era un trozo plano de madera blanca, con un huso tallado de tal forma que el veteado de la madera semejaba hilo enrollado.

Bast frunció el ceño. Alzó la vista al cielo, despejado y luminoso. No soplaba mucho viento. Templado, pero no cálido. Llevaba todo un ciclo sin llover. Horas antes del mediodía de Abatida. No era día de mercado…

Asintió con la cabeza y guardó las piezas en el saquito. Bajó hasta más allá de la casa del viejo Lant, siguió junto a las zarzas que bordeaban la granja de los Alard hasta llegar a una parte pantanosa de Littlecreek donde cortó un puñado de juncos con una navaja pequeña y reluciente. Encontró un trozo de cuerda en su bolsillo y los unió rápidamente formando un caramillo de pastor.

Sopló sobre los juncos y ladeó la cabeza ante su dulce disonancia. Su reluciente navaja lanzó unos cuantos destellos y Bast volvió a probar los juncos. Ya estaban casi afinados, lo que hacía que la disonancia resultase mucho más estridente. En eso había una lección.

La hoja de la navaja destelló de nuevo. Una vez. Dos veces. Tres. Sin molestarse en volver a comprobar el sonido, Bast se guardó la navaja. Se miró el lado del dedo donde la navaja lo había rozado, dejándole una línea tan fina que se diría que el corte se lo había hecho una brizna de hierba. Entonces brotó la sangre, roja como una amapola.

Se metió el dedo en la boca; luego se acercó el caramillo a la cara, inspiró hondo por la nariz y aspiró el olor húmedo y verde de los juncos. Se humedeció los labios y lamió el extremo recién cortado de los juncos, y de pronto en la punta de su lengua se atisbó un destello rojo.

Entonces tomó aire y sopló en el caramillo. Esta vez el sonido fue brillante como la luz de la luna. Vivaz como un pez saltarín. Dulce como un fruto robado. Bajó el caramillo y oyó, a lo lejos, el balido débil y anodino de unas ovejas.

Al llegar a lo alto de la colina, Bast oteó dos docenas de ovejas gruesas y embobadas que comían hierba en el valle que había abajo. Era un lugar recóndito y sombrío. Las escarpadas laderas del valle impedían que las ovejas se perdieran. Hasta el perro pastor dormitaba tumbado perezosamente sobre una roca caliente.

Un joven estaba sentado bajo un gran olmo desde donde se contemplaba el valle; había dejado el largo cayado de pastor apoyado en el tronco del árbol. Se había descalzado, y el sombrero, bien calado, le tapaba los ojos. Llevaba un pantalón verde holgado y una camisa de color amarillo chillón que resaltaba el intenso bronceado de su cara y sus brazos. Tenía el pelo largo y tupido, del color del trigo maduro.

Bast empezó a tocar a medida que descendía la colina. Una peligrosa melodía, débil, lenta y ladina como una suave brisa.

Al oírla, el pastor se incorporó. Levantó la cabeza emocionado…, pero no. Debía de haber oído otra cosa, porque no miró hacia donde estaba Bast.

Sin embargo, se puso en pie. No hacía un calor excesivo, pero se abanicó con el sombrero; luego se quitó lentamente la camisa amarilla y se secó la frente con ella antes de colgarla en una rama cercana. Entonces se desperezó: entrelazó las manos por encima de la cabeza y los músculos de sus hombros y su espalda se retorcieron unos contra otros.

La melodía de Bast cambió un poco, y se volvió vivaz y ligera como el agua que discurre sobre un lecho de piedras.

Al oírla, el perro pastor levantó la cabeza, miró un momento a Bast y luego volvió a apoyarla en la piedra sin mostrar ni el más mínimo interés.

El pastor, por su parte, no dio señal alguna de haberla oído. Sin embargo, cogió una manta que tenía allí y la extendió bajo el árbol (lo que pareció un poco extraño, pues llevaba rato sentado en el mismo sitio sin la manta). Quizá tuviese frío, ahora que se había quitado la camisa... Sí, debía de ser eso.

Bast siguió tocando mientras bajaba por la ladera del valle.

Su música era dulce y juguetona a la vez que lánguida.

El pastor se sentó en la manta, se inclinó hacia atrás y sacudió ligeramente la cabeza. Su largo cabello de color miel cayó de sus hombros, dejando al descubierto la adorable línea de su cuello, desde la oreja perfecta con forma de caracola hasta la amplia extensión de su pecho.

Bast, que lo observaba atentamente mientras seguía descendiendo, cometió la torpeza de pisar una piedra suelta y tropezó. Emitió una nota fuerte y estridente, y luego dejó de tocar unas cuantas notas de la canción mientras extendía un brazo para mantener el equilibrio.

Entonces el pastor rio. Al principio pareció que estuviese riéndose de Bast..., pero no. Era obvio que no se trataba de eso, pues miraba fijamente en la dirección opuesta. Además, se tapaba la boca. Seguramente había tosido. Tal vez las ovejas hubiesen hecho algo gracioso. Sí. Debía de ser eso, seguro. A veces aquellos animales hacían cosas muy graciosas.

Pero no puedes pasarte todo el día contemplando ovejas. El pastor suspiró, se relajó y volvió a tumbarse en la manta. Se puso un brazo detrás de la cabeza y los músculos de sus brazos y sus hombros se flexionaron. Se desperezó de nuevo despacio, arqueando un poco la espalda. Los rayos de sol que se filtraban por el dosel de hojas revelaron que su pecho y su abdomen estaban cubiertos de un suavísimo vello de color miel.

Bast siguió descendiendo con pasos delicados y ágiles y se dirigió a donde estaba el pastor. Parecía un gato al acecho. Parecía que bailara.

El pastor suspiró otra vez y cerró los ojos, con la cara inclinada hacia un lado como una flor que quiere atrapar la luz. Aunque parecía que intentase dormir, se diría que su respiración se hubiese acelerado. Se removió, inquieto, y se pasó una mano por el pelo, extendiéndolo sobre la manta. Se mordió el labio inferior…

Es difícil sonreír cuando estás tocando el caramillo. Pero Bast tenía mucho arte.

MEDIA MAÑANA:
EL ESTRECHO SENDERO

El sol ya había iniciado su camino ascendente cuando Bast regresó al árbol del rayo. Un sudor placentero cubría su cuerpo; iba un poco despeinado, pero el roto de la rodilla de su pantalón estaba cuidadosamente remendado con puntadas pequeñas y regulares. El hilo, de color crudo, destacaba contra la tela oscura, pero habían dado a la costura la forma de un cayado de pastor, y en la misma pernera, un poco más arriba, habían bordado una velluda ovejita.

No había ningún niño esperando, así que Bast rodeó rápidamente el árbol, una vez en cada dirección, para asegurarse de que su mecanismo seguía funcionando. Luego

extrajo de su bolsillo el saquito de piel doblado, se sentó
con la espalda apoyada en el árbol e hizo una tirada. Abrió
la mano y frunció el ceño al ver el embril que parecía una
moneda rota. Enojado, lo guardó y volvió a sacar. Esta vez
se mostró más satisfecho al extraer un cuadrado de madera
que tenía pintado un diminuto zorro dormido.

Bast intentó hacer pasar el embril de madera entre sus
nudillos como si fuese una moneda, pero no pudo. Entonces lo lanzó al aire con el pulgar, lo atrapó y se lo puso de
una palmada en la muñeca, dejando al descubierto otra vez
el zorrito dormido. Sonriendo, apoyó la cabeza en la parte
blanca y lisa del árbol del rayo y al cabo de un momento
roncaba plácidamente.

Bast parpadeó un poco y despertó al oír pasos que subían pisando fuerte por la ladera de la colina. Soñoliento, comprobó la posición del sol y se desperezó. Entonces miró hacia abajo y sonrió al ver a un niño pecoso de ojos azules.

—¡Kostrel! —exclamó Bast alegremente—. ¿Cómo está el camino de Tinuë?

—¡Soleado! —respondió el niño, sonriente también; llegó a lo alto de la colina con sus gastadas botas, que le quedaban un poco grandes. Miró de reojo a Bast con picardía; bajó la voz y dijo con tono de complicidad—: ¡Te he traído una cosa!

Bast se frotó las manos en un gesto de exagerada alegría.

—De hecho —continuó Kostrel añadiendo una pizca de dramatismo—, te he traído tres cosas. —Miró alrededor fingiendo indiferencia y comprobó que al pie de la colina no había ningún niño esperando—. Si tienes tiempo, claro. Ya sé que andas siempre muy ocupado...

Bast se desperezó para prolongar aquel momento. Kostrel regateaba como una hiedra amable, con alegría, buscando la grieta más fina que pudiese aprovechar. Bast no iba a cometer el error de darle ni la más mínima ventaja preguntándole qué era eso que le había llevado.

Pero también quería ganar tiempo para observar de nuevo a Kostrel, pues había notado algo raro en él. ¿Tenía los hombros tensos? ¿Su sonrisa era exageradamente amplia? ¿Estaba nervioso, o solo un poco más entusiasmado de lo normal?

—Eso es lo malo de darle a la gente lo que necesita —dijo Bast despacio, imitando el tono indiferente de Kostrel—. Que ya no necesita venir a buscar más.

Bast dejó la conversación suspendida y reprimió una sonrisa. Vio que Kostrel retorcía un hilo suelto del puño de su camisa y que se balanceaba sobre las puntas de los pies. Era un niño muy listo, pero todavía muy joven. Así que no podía ser nerviosismo. Debía de ser impaciencia. Tenía algo demasiado bueno con lo que negociar.

Kostrel no tardó apenas nada en rendirse y hablar.

—Primero tenemos un regalo —dijo, y, con mucha ceremoniosidad, se metió la mano en el bolsillo y sacó algo encerrado en el puño.

—Por regla general, no acepto regalos —dijo Bast con recelo. Pese a su tono de voz, su mirada estaba clavada en la mano que le tendía Kostrel.

Sonriendo, el niño movió el puño cerrado de un lado a otro en tono burlón. Al mismo tiempo, movía las cejas de forma ridícula.

Bast notó el consabido tirón en su interior y sonrió. No era sabio, pero ya se había quemado otras veces, y la prudencia era prima hermana de la sabiduría. Sin embargo, le picaba tanto la curiosidad…

Pero no. Bast no tenía ningún deseo de quedar atado. Le molestaba contraer obligaciones, por pequeñas que fuesen. Aunque fuese con un niño como aquel, alegre como una mañana de verano.

Dicho eso… no podía ser nada peligroso. Una chuchería, seguro. Un botón. Un diente raro que habría encontrado mientras escarbaba en el suelo. Una peonza. Una piedra interesante cuya forma recordaba a un perro. No había ningún problema en aceptar regalos como esos. La deuda que dejaban era más liviana que un alfiler.

No obstante, ¿y si el botón era de hueso? ¿Y si oculto dentro de la piedra había un rubí? ¿Y si el juguete había sido adorado? ¿Atesorado, cuidado a lo largo de varias generaciones? ¿Y si pesaba como una cadena de oro y había pasado de mano en mano con amor?

No. Desde luego que no. No valía la pena correr ese riesgo.

Así que Bast se resistió. Negó con la cabeza, se apoyó en el árbol y se cruzó de brazos. Aun así, se le fue la mirada a la mano del niño y la desvió rápidamente, como una serpiente que saca la lengua brevemente para probar el aire.

Kostrel empezó a mecerse adelante y atrás en una danza improvisada, tarareando y agitando las cejas, todo a la

vez. Meneó las caderas y agitó el brazo que no tenía extendido tentadoramente hacia Bast.

Había una razón por la que Kostrel era su favorito. Era una mezcla perfecta de inteligencia e idiotez. Parecía tan ridículo que Bast se rindió y se echó a reír.

—Supongo que, por una vez, puedo hacer una excepción. Pero solo porque eres tú.

Entonces, contra todo su buen juicio y siguiendo el dictado de su corazón, Bast estiró un brazo y dejó la mano abierta bajo el puño apretado del niño.

Kostrel paró de hacer el payaso y abrió el puño, del que cayó un trocito de metal. Cual lágrima diminuta, brilló y destelló, reflejó la luz del sol y, girando, cayó…

… hasta posarse, liviano como una hoja, en la palma de la mano de Bast. Le golpeó el corazón como el martillo contra el yunque. Le cortó la respiración como si lo hubiesen sumergido muy hondo bajo el agua. Lo dejó aturdido como si dos rayos hubiesen caído en el árbol que tenía detrás, a pesar de que el cielo estaba despejado.

Se le nubló la visión. Todo se tornó gris, y luego se apagó un poco más, hasta volverse casi negro; la única luz que quedaba era la del trocito de latón con forma de lágrima en el que se reflejaba el sol y que él sostenía en la mano. No alcanzó a ver nada más antes de cerrar los dedos como si, de repente, hubiese tenido un calambre en la mano.

Todo volvió a su sitio. La luz y el color. El viento. El olor a hierba.

Todavía sacudido, Bast se aseguró de que su cara seguía impasible como una máscara. Sí, seguía impasible. Se aseguró de que no revelaba nada de lo que había en sus ojos ni de lo que realmente sentía. Entonces, levantando ligeramente una ceja, dejó que asomara a su semblante una pizca de curiosidad.

Kostrel lo observaba con impaciencia, y lo primero que pensó Bast fue que la forma más rápida de arreglar la jugada de aquel astuto mocoso sería rebanarle el cuello y lanzarlo colina abajo. El crío se estrellaría contra el duro peñasco del otro lado del agua y luego caería en el riachuelo. A Bast le encantaría ver a aquella maliciosa víbora intentando llamarlo sin voz, con la espalda destrozada y los pulmones llenándosele del agua que corría veloz contra...

Pero no podía, claro. Esa era la primera de tantas otras cosas que Bast tendría prohibido hacer por haber cometido la estupidez de aceptar un regalo sin saber qué era, sin saber cuánta deuda le colgaría del cuello, ni la fuerza con que le oprimiría el corazón. Un regalo no visto, como si él fuese un ingenuo resinillo recién llegado al mundo.

—Pensé que seguramente nunca habías visto uno como ese —dijo Kostrel con una cucharada de engreimiento y dos de deleite.

Bast empezó a rabiar. Pero la expresión del niño..., había algo en ella que no encajaba. La trampa había saltado, pero Kostrel no mostraba ni una pizca de regocijo. Ni una pizca de júbilo perverso. Ni una pizca de intenso alivio. No parecía emocionado de saber que su truco había funcionado. Kostrel no mostraba la expresión adecuada, simplemente. Un Tarso en ciernes debería haberse acariciado la barbilla y haber reído un poco, o al menos tenido el detalle de dárselas de superior y mostrarse ufano.

Con movimientos lentos, para que la máscara se mantuviese en su sitio, Bast estiró un brazo e intentó tocar al niño. Y se llevó una sorpresa porque lo logró. Despacio,

Bast posó dos dedos en el brazo de Kostrel, y el aire no se espesó, ofreciendo resistencia. Él no sintió dolor ni miedo. No se le nubló la visión. Nada. Por alguna extraña razón, podía tocar al niño con las manos.

Bast se inclinó ligeramente hacia delante y, veloz como una serpiente que ataca, rodeó el cuello del niño con una mano. Y nada. Bast notó el pulso del crío golpear tiernamente contra la yema de sus dedos.

Kostrel se apartó al tiempo que lanzaba una risita burbujeante. Fue un movimiento tímido, sin ni un ápice de sobresalto o temor.

—¿En el sitio de donde tú vienes dan las gracias haciéndole cosquillas a la gente? —murmuró. Cohibido, se frotó un lado del cuello, y miró alrededor como si lo avergonzara que alguien pudiese haberlos visto—. Para, Bast.

Al oír su nombre, Bast se puso en tensión. Pero no había nada. Ni compulsión. Ni debilidad. Ni la sensación de que Kostrel lo tenía bien agarrado por el cuello con una correa…

Desconcertado, Bast se miró el puño. Aquello no era un simple botón, ni un juguete atesorado. Pese a lo que decían las historias, no era sencillo amarrar de verdad a alguien como Bast. Y la lista de cosas que podían conseguirlo con la brusquedad, la dureza y la solidez con que lo había hecho aquel obsequio era muy corta. El hierro anciano habría podido funcionar, por supuesto.

O un fragmento de estrella caído a la Tierra. Uno entre un puñado de viejos y oscuros eslabones de una cadena rota...

Pero todo eso era oscuro, y lo que él había atisbado era brillante.

Un sello de oro soberano habría podido funcionar, pero solo con los nombres adecuados. Un anillo de ámbar era un viejo truco, pero hacía decenas de años que Bast no veía ninguno. Además, habría tenido que ponérselo en el dedo...

Poco a poco, Bast fue abriendo la mano y vio un trocito diminuto de latón con forma de lágrima y con algo grabado. ¿Sería un talismán? ¿Una moneda?

Estaba intrigado. No reconocía aquel objeto, pero la sensación no era algo que pudieses olvidar. Con cautela, Bast buscó a tientas en su interior... y la encontró. Indudable como una argolla de hierro fuertemente soldada alrededor de su corazón. Inspiró hondo para llenar los pulmones de aire, como si no pudiese respirar. Pero sí podía. Tenía los pulmones llenos.

Con gran esfuerzo, se obligó a exhalar. Luego volvió a inspirar hondo; sentía que se ahogaba a pesar de que el aire entraba sin ninguna dificultad. Casi habría preferido que hubiese sido un trozo de hierro terrible y antiguo, pues al menos entonces lo habría entendido. Que el regalo de Kostrel lo hubiese atado con una deuda sólida como hacía años que no sentía ya era suficientemente grave, pero ¿qué significaba que el niño no pudiese compelerlo? ¿Cómo iba a saldar una deuda que ni siquiera parecía deberle a...?

Miró el rostro pecoso y sonriente de Kostrel. Entonces lo comprendió, y recordó las palabras exactas que el niño había empleado antes.

—Ya entiendo —dijo Bast lentamente—. Es un regalo, pero no me lo haces tú. ¿Quién me lo hace? —Bast formuló la pregunta, pero ya sabía la respuesta. Lleno de temor y sin aliento, todavía confiaba en equivocarse.

—Rike —admitió Kostrel un poco avergonzado—. Esa es la otra cosa que te he traído. Te envía un mensaje. Quiere hablar contigo. —Kostrel subió y bajó los hombros varias veces seguidas—. No te preocupes, conozco las reglas y ya le he dicho que le contestarías que no.

Bast reprimió el impulso de gritar y dar un puñetazo en el suelo. Reprimió el impulso de suspirar de alivio y desplomarse. Mejor endeudado con un enemigo estúpido que con un amigo listo. Rike tenía el afán de un perro salvaje, pero no podía haber conseguido aquello a propósito. Mucho mejor que lo hubiese atrapado la suerte del torpe, a que Kostrel hubiese descifrado qué era Bast, desentrañado la forma de endeudarlo con él y jugado sus cartas con astucia para pillarlo desprevenido.

De modo que era grave, pero no tanto como él había

temido. Bast miró al niño pecoso y se alegró también de no haber juzgado mal a Kostrel.

Sostuvo el trozo de latón tibio con los dedos. Tenía grabadas dos manos alrededor de una espiga de trigo.

—Y bien, ¿qué es esto? —dijo—. Cuando no está a la intemperie y bajo la luz de la luna.

—Se llama pieza de penitencia —se apresuró a responder Kostrel, y quedó patente que estaba deseando que le hiciesen esa pregunta—. Se lo pregunté al padre Leoden, porque detrás hay una inscripción religiosa. —Señaló con entusiasmo—. ¿Lo ves?

Bast le dio la vuelta a la moneda. En la otra cara había una torre envuelta en llamas.

—Ah —dijo muy serio—. Claro. *Tehus antausa eha.* —Pronunció esas palabras con la alegría desenfadada de quien mastica un puñado de sal.

—Yo no sé si se hace en el sitio de donde tú vienes —continuó Kostrel—, pero nosotros les gritamos eso a los demonios en las fiestas del solsticio de invierno. Es sagrado o algo así. El padre Leoden me enseñó unas cuantas más de la caja de las limosnas. —Miró la moneda y se encogió de hombros—. Pero aquellas eran diferentes. Me dijo que esta es muy vieja. Pero no lo sé. Brilla como un penique nuevo. Las otras eran todas mates.

Bast siguió haciendo girar la moneda con los dedos, asintiendo en silencio como si escuchara a alguien explicar un chiste no especialmente gracioso. No dio la impresión de que su humor mejorase mucho cuando el niño mencionó al sacerdote.

Kostrel siguió llenando el silencio con su cháchara.

—Me contó que los ricos se las dan a los mendigos para hacer las paces con dios. Pero sobre todo en grandes ciudades como Baedn y Atur.

Kostrel hizo un ademán impreciso hacia el camino real.

—Dice que cualquier panadero de los rincones la cambiaría por una hogaza, sin importar... —Se interrumpió al ver la expresión de Bast.

—¡Pan! —gruñó Bast. Estaba rabioso—. ¿Acaso ese pequeño mentiroso se cree que me puede comprar con una hogaza de pan?

Kostrel dejó de sonreír y se asustó.

—¡Es un regalo! —dijo aturullado—. ¡No un soborno! ¡Rike dijo que era un regalo!

Bast apretó los dientes y notó que se le tensaban los músculos de la mandíbula. Le habría encantado que hubiesen intentado sobornarlo, pero el pobre crío no tenía por qué saberlo. Es más, en realidad el hecho de que Kostrel no lo entendiera era lo único bueno de toda aquella situación.

Kostrel lo intentó una vez más, con voz aguda y vacilante.

—A mí me parece que no lo ha hecho con mala intención —dijo—. No sé, creo que solo intentaba arreglar un poco las cosas, ¿no? Él sabe que el año pasado metió la pata, y ahora quiere… —Señaló la moneda—. Hacer penitencia.

Al cabo de un momento, Kostrel se recompuso y continuó:

—Porque… para ti una hogaza quizá no signifique mucho, pero tú vives en una posada. —Kostrel agachó la cabeza turbado—. La mayoría de la gente no. Para Rike… una hogaza es importante.

Bast volvió a hacer girar la pieza de latón brillante con los dedos; su semblante, todavía ensombrecido, recordaba a unas negras nubes de tormenta. Sin embargo, ya estaba hecho. Hizo un ademán con la moneda; entonces la metió en el saquito de piel y lo cerró bien cerrado.

—¿Crees que esto significa que debería ser menos estricto con él?

Kostrel levantó ambas manos y, con absoluto convencimiento, dijo:

—Yo no creo ni dejo de creer nada. Pero, si empezáis a discutir otra vez, ¡quiero estar bien lejos!

Bast soltó una carcajada y sonrió. Fue como si el sol saliera de detrás de una nube.

—Eso significa que eres muy inteligente para tu edad —dijo—. ¿Qué es la tercera cosa que me has traído?

Kostrel se relajó y se sentó con las piernas cruzadas en la hierba.

—Te he traído un secreto para intercambiar —repuso—. Y te lo he traído enseguida porque es una información valiosa. —Titubeó un momento para añadir dramatismo a la situación—. Sé dónde se baña Emberlee.

Bast levantó una ceja en señal de interés.

—Ah, ¿sí?

Kostrel miró al cielo con impaciencia.

—No seas falso. No hagas como si no te importara.

—Claro que me importa —dijo Bast levemente herido en su orgullo—. Al fin y al cabo, es la sexta chica más guapa del pueblo.

—¿La sexta? —dijo el niño indignado—. ¡Es la segunda más guapa, y lo sabes muy bien!

—Quizá la cuarta —concedió Bast—. Después de Annia.

—Annia tiene las piernas más flacas que una gallina —dijo Kostrel, y volvió a mirar al cielo.

Bast se encogió de hombros.

—Sobre gustos no hay nada escrito. Pero sí, me interesa. ¿Qué quieres a cambio? ¿Una respuesta? ¿Un favor?

—Quiero buenas respuestas a tres preguntas y un favor —dijo el niño mirándolo fijamente con sus oscuros ojos—. Y los dos sabemos que vale la pena. Porque Emberlee es la tercera chica más guapa del pueblo.

Bast abrió la boca como si fuese a protestar, pero se lo pensó mejor y se encogió de hombros.

—El favor no. Tres respuestas sobre un único tema acotado de antemano —contraatacó.

Kostrel se mordió el labio.

—Pero si no sabes suficiente sobre el tema, puedo escoger otro.

Bast asintió y levantó un dedo.

—Cualquier tema excepto mi patrón, por supuesto, cuya confianza en mí no puedo traicionar —dijo Bast con una voz cargada de una mal disimulada prepotencia.

Kostrel ni se molestó en descartar la ridícula idea de que pudiese interesarle el hombre que regentaba la segunda taberna con más éxito de un pueblo tan pequeño que solo tenía una posada.

—Tres respuestas completas y sinceras —dijo—. Y nada de ambigüedades ni pamplinas.

—Siempre que las preguntas sean concretas y específicas —replicó Bast—. Nada de tonterías del tipo «cuéntame todo lo que sepas sobre».

—Eso no sería una pregunta —señaló Kostrel.

—Exactamente —dijo Bast—. Tres preguntas completas y sinceras sobre un único tema. Y tienes que acordar conmigo que no le dirás a nadie más dónde se baña Emberlee. —Kostrel arrugó el ceño, pero Bast se rio—. Seguro que habrías vendido ese secreto veinte veces ¿no, pillastre?

El chico se encogió de hombros, sin negarlo y sin avergonzarse.

—Es una información valiosa —dijo.

—Y tú no aparecerás por allí.

El niño de ojos oscuros escupió un par de palabras que sorprendieron a Bast aún más que su anterior uso del término «ambigüedades».

—De acuerdo —gruñó—. Pero si no sabes la respuesta a mi pregunta, puedo hacerte otra.

Bast caviló un momento.

—Me parece bien.

—Y me prestas otro libro —dijo el niño, lanzando chispas por los ojos—. Y me das un penique de cobre. Y tienes que describirme sus pechos.

Bast echó la cabeza hacia atrás y rio.

—De acuerdo. Suponiendo que ella dé su permiso, claro.

Kostrel se quedó atónito.

—¿Y cómo demonios voy a conseguir que Emberlee dé su permiso? —preguntó.

Bast extendió las manos en un gesto de impotencia.

—Eso no es problema mío —repuso—. Pero diría que el camino más directo es pedírselo.

Kostrel inspiró hondo y soltó el aire. Entonces se levantó, dio un paso y apoyó una mano en el lado descolorido por el sol del árbol del rayo. Bast llevó una mano detrás de su cabeza para tocar el árbol, y cerró el trato estrechándole la mano al niño. La mano de Kostrel era tan delicada que Bast sintió que lo que encerraba en la suya era un ala de pájaro.

Al soltarla, Bast parpadeó bajo el tibio sol y empezó a bostezar.

—Bueno, ¿por qué tema sientes hoy curiosidad?

Kostrel retrocedió y se sentó en el suelo, y su expresión seria dejó paso a otra de entusiasmo vertiginoso.

—¡Quiero que me cuentes cosas sobre los Fata!

Es difícil bostezar y desperezarse cuando uno siente que se ha tragado un trozo de hierro al rojo. Pero Bast tenía motivos para considerarse un artista. Recogió su desperezo con un movimiento fluido, como un gato que dormita sobre la piedra caliente frente al fuego de la chimenea. Su bostezo fue tan lánguido que lamentó que no hubiese allí nadie más para ver con qué naturalidad aparentaba una falsa calma.

—¿Y bien?—dijo Kostrel—. ¿Sabes lo suficiente sobre ellos?

—Lo justo —contestó Bast con modestia—. Imagino que más que la mayoría de la gente.

El triunfo se reflejó en el pecoso rostro de Kostrel.

—¡Lo sabía! Tú no eres de por aquí. ¡Tú sí que has visto mundo y sabes lo que pasa en otros lugares!

—Un poco —admitió Bast. Alzó la vista hacia el sol—.

Va, haz tus preguntas. Tengo una cita importante dentro de una hora.

El niño miró la hierba un momento, pensativo.

—¿Cómo son?

Bast parpadeó; luego rio y levantó las manos.

—¡Tehlu misericordioso! ¿Tienes idea de lo descabellada que es esa pregunta? No son como nada. Son como ellos mismos.

Kostrel estaba indignado.

—¡No intentes colarme un ardite! —dijo señalando a Bast con el dedo índice—. ¡He dicho nada de pamplinas!

—No es eso. —Bast levantó ambas manos en un gesto defensivo—. Es que es imposible responder esa pregunta. ¿Tú qué dirías si te preguntase cómo son las personas? ¿Cómo puedes contestar una pregunta así? Hay muchos tipos de personas. Todas son diferentes.

—Vale, es una pregunta amplia —admitió Kostrel—. Dame una respuesta amplia.

—No es simplemente «amplia» —protestó Bast—. Podría llenarse un libro con ella.

Que los niños no temen trepar a los árboles es tan cierto como que un gato no teme mirar a los ojos a un rey. Y Kostrel, por lo visto, podía mirar a los ojos a Bast sin estremecerse, sin pestañear y sin que pareciese dispuesto a hacer la más mínima concesión.

Bast lo miró con el ceño fruncido.

—Podría argumentarse que tu pregunta no es ni concreta ni específica.

Kostrel levantó una ceja.

—¿Ahora vamos a discutir? Yo creía que estábamos intercambiando información. Si me preguntaras dónde se baña Emberlee y yo te contestara «en un arroyo», pensarías que te había tomado por bobo, ¿verdad?

Bast suspiró.

—Si te cuento todos los rumores que he oído, nos tiraremos aquí todo un ciclo. Y sería inútil, falso o contradictorio. Te he prometido que mis respuestas serían sinceras y completas.

Kostrel achicó los ojos y se encogió de hombros con profunda indiferencia.

—Eso no es problema mío.

Bast levantó ambas manos dando a entender que se rendía.

—Vamos a hacer una cosa. A pesar del carácter poco concreto de tu pregunta, te daré una respuesta que la cubra a grandes rasgos y… —Bast vaciló—. Y un secreto relacionado con el tema. ¿Te parece bien?

—Dos secretos. —Los oscuros ojos de Kostrel todavía estaban serios, pero en ellos ya brillaba una pizca de emoción.

—De acuerdo. —Bast miró al cielo como si pusiera en orden sus ideas—. Cuando dices «Fata» te refieres a cualquier ser que viva en Fata. Eso incluye muchas cosas que no son más que... criaturas. Como animales. Aquí hay perros, ardillas, osos. Allí hay raum, resinillos, troles.

—¿Y dragones?

Bast negó con la cabeza.

—Que yo sepa, no. Ya no.

Kostrel parecía decepcionado.

—¿Y los seres feéricos? ¿Como los caldereros feéricos, por ejemplo? —Se sentó muy tieso y se apresuró a añadir—: Ah, y esto no es otra pregunta. Es un intento de concretar tu respuesta en curso.

Bast no pudo evitar reír.

—¡Divina pareja! ¿En curso? ¿A tu madre la asustó un azzie cuando estaba encinta? ¿Dónde has aprendido a hablar así?

—No me duermo en la iglesia —dijo Kostrel con frialdad—. Y a veces el padre Leoden me deja leer sus libros. ¿Qué aspecto tiene la gente que vive allí?

—Prácticamente el mismo que la gente normal —se limitó a responder Bast.

—¿Son como tú y como yo? —preguntó el niño.

Bast reprimió una sonrisa.

—Sí, la mayoría son como tú y como yo. Lo más probable es que ni te dieras cuenta si uno pasara a tu lado por la calle. Pero algunos son... diferentes. Más poderosos.

—¿Como Varsa Nunca Muerto o el Rey Claudicador?

Bast se quedó parado.

—¿Dónde has oído hablar del Rey Claudicador? —preguntó casi sin proponérselo, con auténtica sorpresa.

Kostrel sonrió con picardía.

—¿Qué me darás por una respuesta a esa pregunta?

Bast se frotó la cara, incrédulo; entonces se tocó la frente imitando un saludo formal, pese a que estaba sentado con las piernas cruzadas en la hierba y tenía una lanuda oveja bordada en los pantalones.

—Algunos Faen son así —concedió Bast—. Como los retratan en las historias. Con fuertes brazos, o amuletos, o hechizos capaces de dejar en ridículo a un arcanista. Pero otros son poderosos en otro sentido. Como el alcalde, o un prestamista. —Se le agrió la expresión—. A muchos de esos... es mejor ni acercarse. Les gusta engañar a la gente. Juegan con ella.

Esas palabras hicieron que parte del entusiasmo de Kostrel se desvaneciera.

—¿Son como... demonios?

Bast fue a negar con la cabeza, titubeó e hizo un gesto más ambiguo.

—Algunos se parecen mucho a los demonios —admitió—. O tanto que no hay ninguna diferencia.

—¿Y también hay algunos como ángeles? —preguntó el niño.

—Es bonito pensarlo —contestó Bast—. Eso espero.

Pero sospecho que la mayoría están en un punto intermedio y no son ni lo uno ni lo otro.

—¿De dónde vienen?

Bast arrancó una brizna de hierba y se la puso en la boca con aire despreocupado.

—Esa es tu segunda pregunta, ¿no? —dijo—. Deduzco que sí, porque no tiene nada que ver con el aspecto de los seres fata.

Kostrel hizo una mueca, pero Bast no supo distinguir si estaba avergonzado por haberse extralimitado, o por haber sido sorprendido tratando de conseguir una respuesta gratuita.

—¿Es verdad que los seres feéricos no pueden mentir?

—Algunos no pueden —dijo Bast—. A otros simplemente les parece de mal gusto. Algunos mienten, pero nunca faltan a su palabra. —Se encogió de hombros—. Otros mienten muy bien, y lo hacen siempre que tienen ocasión.

Kostrel abrió la boca, pero Bast carraspeó.

—Tendrás que admitir —dijo—que es una muy buena primera respuesta. Hasta te he dado unas cuantas preguntas gratis.

—Eso no es así —replicó Kostrel—. Hemos acordado tres preguntas independientes relacionadas con un tema central. Si dijeras que una pregunta duplicada era nueva, eso serían pamplinas. —Adoptó una expresión altiva—. Es más justo decir que he sido generoso y te he ayudado a ceñirte al tema.

Bast rio por lo bajo.

—Pero reconocerás que te he dado una buena respuesta, ¿no?

Durante un segundo dio la impresión de que Kostrel iba a discutir, pero entonces asintió con la cabeza, un tanto huraño.

—¿Y mis secretos?

—Primero. —Bast levantó un dedo—. La mayoría de los Fata no vienen a este mundo. No les gusta. Los irrita, como una camisa de arpillera. Pero, cuando vienen, prefieren algunos sitios a otros… —Dejó la frase en suspenso.

Kostrel tenía los oscuros ojos hambrientos y afilados como cuchillos. En lugar de aguantar y dejarse guiar, se lanzó al ataque con entusiasmo.

—¿Qué sitios les gustan?

Bast notó que su voz se volvía suave y pausada.

—En primer lugar, te he prometido que sería sincero y claro, y eso es lo que me propongo hacer. Así que, antes de contestar, debo decirte una cosa: hay infinidad de variedades de seres fata. Muchas casas. Muchas cortes. Todos de diferentes y sutiles colores. Todos ardiendo con su propio y extraño fuego. Todos regidos por los deseos de su propio corazón…

Se inclinó hacia delante, e inconscientemente Kostrel se inclinó también.

—Algunos sienten un dulce amor por la naturaleza. A algunos los atraen los hogares de los mortales. Algunos encuentran un lugar secreto y se quedan allí, mientras que otros necesitan errar constantemente.

Bast sintió que el entusiasmo crecía en su pecho; sintió la peculiar delicia burbujeante que se producía cuando liberabas un secreto bien guardado que alguien deseaba desesperadamente. Era como un caramelo, una copa de brandy y un beso juntos.

—Pero si hay algo que atrae a todos los Fata son los lugares conectados a los elementos puros y simples que dan forma al mundo. Lugares donde hay fuego y agua. Lugares cercanos al aire y la piedra. Cuando convergen los cuatro... —Bast juntó las manos y entrelazó los dedos.

En el semblante de Kostrel ya no quedaba ni rastro de su aguda astucia. Volvía a parecer un crío, embobado y con los ojos muy abiertos, suavizados por el asombro.

Al observarlo, Bast sintió que el placer le atravesaba limpiamente el centro del corazón, como una afilada aguja. Bast hacía del artificio un arte, y se enorgullecía con razón de su ingenio. Pero el niño que estaba allí sentado era simplemente él mismo. Su corazón era un arpa incapaz de tocar otra melodía que no fuese la de su más puro deseo. Eso hacía que a Bast le dieran ganas de aullar y llorar. Hacía que se preguntase en qué momento se había desviado del camino.

—Segundo secreto. —Bast levantó dos finos dedos—. Lo que te he contado antes era verdad. En líneas generales, el aspecto físico de los Faen es casi como el nuestro. Pero casi todos ellos tienen algo ligeramente sesgado. La sonrisa. El olor. El color de los ojos o la piel. Algunos son demasiado bajos o demasiado flacos. A veces su pelo tiene un brillo sutil cuando lo ilumina la luna. Otros pueden ser asombrosamente fuertes, o muy rubios.

—¡Como Felurian! —lo interrumpió Kostrel.

—Sí, como Felurian —dijo Bast malhumoradamente. No le gustaba que le hicieran perder el ritmo—. Todos los que caminan por los senderos sinuosos conocen encantamientos para ocultarse, y más cosas, como tú ya sabes. —Se recostó y asintió con la cabeza—. Esa es una clase de magia que comparten todos los seres feéricos.

Bast lanzó ese último comentario como un pescador que lanza su cebo.

Kostrel se lo tragó . No trató de librarse del hilo. Ni siquiera sabía que había mordido el anzuelo.

—Esa es mi segunda pregunta: ¿qué clase de magia saben hacer?

Bast puso los ojos en blanco con gran dramatismo.

—¡Venga ya, con la respuesta a esa pregunta se podría escribir otro libro!

—Entonces tal vez deberías escribir un libro —replicó Kostrel con aspereza—. Así podrías prestármelo y mataríamos dos pájaros de un tiro.

Su sugerencia pilló por sorpresa a Bast.

—¿Escribir un libro?

—Es lo que hace la gente que lo sabe todo, ¿no? —dijo Kostrel con sarcasmo—. Lo escribe para poder alardear.

—Te haré un resumen de lo que yo sé —dijo Bast—. Para empezar, los Fata no lo consideran magia. Lo llaman arte, o maestría. Simular, o moldear. Pero si hablaran con claridad, cosa que raramente hacen, lo llamarían glamoría y grammaría. —Kostrel lo observaba embelesado, y Bast continuó—: Las artes hermanas de hacer que algo parezca o sea.

Bast siguió hablando, atrapado en el entusiasmo del chico; las palabras acudían a sus labios deprisa y sin dificultad alguna.

—La glamoría es más fácil. Con ella consiguen que una cosa parezca otra distinta de la que es. Que una camisa blanca parezca azul. Que una camisa rota parezca nueva. La mayoría tienen como mínimo un poco de arte de glamoría para ocultarles su rareza a los mortales. —Bast estiró un brazo y le tiró de un mechón de pelo a Kostrel—. Mediante glamoría podrían hacer que el pelo dorado pareciese plateado.

Kostrel volvía a estar cautivado. Pero... esta vez había

algo distinto en su cara. Bast se fijó mejor y vio que ya no era el embobamiento de antes. Ahora tenía los ojos muy despiertos, y le brillaban como navajas. Revelaban una mente que ya no estaba deslumbrada por el qué, y que poco a poco se acercaba al momento en que preguntaría el cómo.

Entonces Bast sintió que lo recorría un escalofrío. Eso le pasaba por bajar la guardia. Eso le pasaba por dejarse amarrar, derribar y arrastrar. ¿Por qué había averiguado lo suficiente sobre aquel niño para sentir cariño por él? Era como enamorarse de una violeta. Era como construir una casa en la arena.

Mientras un sudor frío se instalaba en él, vio en los ojos de Kostrel que el embobamiento cambiaba ligeramente, se volvía ansioso y empezaba a cristalizar para dar forma a preguntas como: «¿Cómo hacen la glamoría?», o peor aún: «¿Qué puede hacer un chico inteligente para romperla?».

¿Y qué iba a hacer entonces Bast, con una pregunta así suspendida en el aire? ¿Romper su promesa hecha limpiamente? ¿Allí, donde coincidían todas las cosas? Eso iba absolutamente en contra de su deseo, y Bast no quería ni imaginar qué consecuencias podía tener...

No. De momento era mucho más fácil decir la verdad. Luego, asegurarse de que al chico le pasaba algo. Algo rápido y definitivo, desafortunado pero claramente accidental. Y cuanto antes mejor: era lo más seguro.

Sin embargo... A Bast le gustaba aquel niño. No era necio ni fácil. No era malvado ni ruin. Era alocado, rápido y ansioso. Bast trabajó mucho tiempo para aprender a ser una lámpara, y aquel mocoso se sentaba en el suelo y brillaba como el sol estival. Aquel listillo obstinado brillaba como un cristal roto y era suficientemente incisivo para cortarse. Y, por lo visto, para cortar a Bast.

Bast se frotó la cara. Nunca había estado en conflicto con su propio deseo hasta llegar a ese lugar. Antes era muy fácil. Querer y conseguir. Ver y tomar. Correr y perseguir. Tener sed y saciarla. Ahora todo era complicado. No podía ir detrás de lo que anhelaba, y cada día se sentía más lejos de su verdadera...

—¿Estás bien, Bast? —Kostrel tenía la cabeza ladeada. Torpe como un cervatillo, estiró un brazo, le puso la mano en la rodilla a Bast y le dio unas palmaditas como si tratara de consolarlo.

No. No podía matar a ese niño. Sería demasiado difícil.

Aun así, Bast sabía lo deprisa que podía cambiar un pueblo. Lo había visto. Un día todo parecía un camino de rosas, pero, si se te escapaba un secretillo, de pronto la única alternativa eran el fuego y el hierro, o huir y dejarlo todo atrás.

Pero ¿allí y ahora? No quería marcharse. Es más, sus secretos estaban mezclados con las mentiras de su maestro, tan enredados que temía que un solo hilo suelto pudiese hacer que se desenmarañara todo.

—¿Y dices que la grammaría es hacer que algo sea? —preguntó Kostrel con delicadeza.

Bast hizo un gesto impreciso. No tuvo que fingir que se debatía. Había prometido sinceridad. Había hablado demasiado. Matar a ese niño sería como romper una vidriera de colores, pero los secretos delatarían a su maestro.

Sin embargo, no decir nada era la peor opción. Bast sabía lo ruidoso que podía llegar a ser el silencio.

—La grammaría es... cambiar una cosa —dijo por fin.

—¿Como convertir el plomo en oro? —preguntó Kostrel, que evidentemente intentaba ayudar—. ¿Es así como hacen el oro feérico?

Bast puso empeño en sonreír, aunque notó la piel de la cara rígida como el cuero.

—Eso debe de ser glamoría. Es fácil, pero no dura mucho. Los necios que se dejan engañar con oro feérico amanecen con los bolsillos llenos de piedras o bellotas.

—¿Pero podrían convertir la grava en oro de verdad? —preguntó Kostrel—. ¿Si de verdad quisieran?

Bast notó que la rigidez de sus hombros se aliviaba un poco. Su sonrisa se ablandó y se suavizó. Claro. Era un chico curioso. Claro. Ese era el estrecho sendero entre deseos.

—No se trata de esa clase de cambios —dijo Bast, aunque asintió con la cabeza—. Eso es demasiado grande. La grammaría consiste en… alterar. Consiste en hacer que una cosa sea más lo que ya es.

Kostrel hizo una mueca de confusión.

Bast inspiró hondo y soltó el aire por la nariz.

—No lo estoy haciendo bien. ¿Qué tienes en los bolsillos?

Kostrel hurgó un poco y le mostró las dos manos. Había un botón de latón, un trozo de carbón, una castaña de indias, una navajita plegable… y una piedra gris con un agujero en el centro. Claro.

Bast pasó lentamente una mano por encima de la colección de objetos, y acabó deteniéndose sobre la navaja. No era especialmente bonita, solo un trozo de madera lisa del tamaño de un dedo con una ranura donde estaba encajada una hoja corta y abatible.

Bast la cogió delicadamente con dos dedos.

—¿Qué es esto?

—Mi navaja —dijo Kostrel mientras se metía el resto de sus pertenencias en el bolsillo.

—¿Nada más? —preguntó Bast.

—¿Qué más quieres que…? —El chico se interrumpió antes de haber terminado la pregunta y entrecerró los ojos con gesto de desconfianza—. Solo es una navaja.

Bast se sacó la suya del bolsillo. Era un poco más grande, y el mango no era de madera, sino un trozo de cuerno tallado, pulido y precioso. Cuando la abrió, la hoja lanzó intensos y blancos destellos.

Puso las dos navajas en el suelo, entre ellos dos.

—¿Cambiarías tu navaja por la mía?

Kostrel miró la otra navaja con envidia. Pero no hubo ni un ápice de vacilación antes de que negara con la cabeza.

—¿Por qué no?

—Porque es mía —contestó el niño, y su rostro se ensombreció.

—La mía es mejor —dijo Bast con naturalidad.

Kostrel estiró un brazo, cogió su navaja y la encerró en una mano, posesivamente. Su hosco semblante recordaba a una tormenta.

—Me la regaló mi padre —dijo—. Antes de alistarse en el ejército y marcharse a ser un soldado y salvarnos de los rebeldes. —Alzó la vista y miró a Bast, desafiándolo a decir una sola palabra que lo contradijera.

Bast no desvió la mirada, sino que asintió con seriedad.

—Entonces es algo más que una navaja —dijo—. Para ti es especial.

Sin soltar la navaja, Kostrel asintió a la vez que parpadeaba muy deprisa.

—Para ti es la mejor navaja.

El niño volvió a asentir.

—Es más importante que otras navajas. Y eso no es algo que *parezca* —continuó Bast, señalando—. Es algo que esa navaja *es*.

Hubo un chispazo de comprensión en los ojos de Kostrel.

Bast asintió.

—Eso es la grammaría. Ahora imagina que alguien pudiese coger una navaja y hacer que fuese algo más que una navaja. Hacer que fuese la mejor navaja. No solo para esa persona, sino para cualquiera. —Bast cogió su navaja y la cerró, produciendo un chasquido—. Si fuese realmente hábil, podría hacerlo con otra cosa que no fuese una navaja. Podría hacer un fuego que fuese más que un fuego. Más ávido. Más caliente. Alguien realmente poderoso podría hacer incluso más. Podría coger una sombra… —Se interrumpió suavemente, dejando un espacio abierto en el aire.

Kostrel inspiró y se lanzó a llenar aquel vacío con una pregunta.

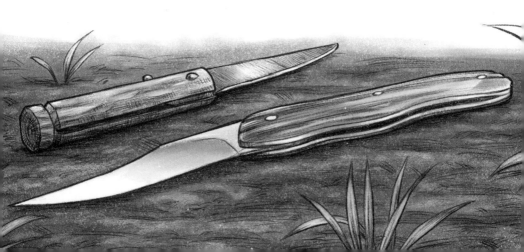

—¡Como Felurian! —dijo—. ¿Fue así como le hizo la capa de sombra a Kvothe?

Bast asintió con seriedad. Agradeció la pregunta, aunque detestó que hubiese tenido que ser precisamente esa.

—Yo creo que sí. ¿Qué hacen las sombras? Ocultan, protegen. La capa de sombra de Kvothe hace lo mismo, pero más.

Kostrel asintió con la cabeza en señal de comprensión, y Bast se apresuró a continuar, impaciente por dejar atrás aquel tema.

—Piensa en Felurian...

Kostrel sonrió. Dio la impresión de que no tenía ningún inconveniente en hacerlo.

—Una persona bella —dijo Bast despacio— puede ser un objeto de deseo. Felurian lo es. Como la navaja. La más bella. El objeto de mayor deseo para todos... —Bast dejó su afirmación en suave suspenso.

Kostrel tenía la mirada ausente; era evidente que estaba dando al asunto toda la consideración que merecía. Bast le dio tiempo, y al cabo de un momento el chico formuló otra pregunta.

—¿No podría ser mera glamoría? —preguntó.

—Ah —dijo Bast con una amplia sonrisa—. Pero ¿qué diferencia hay entre ser bella y parecer bella?

—Bueno... —Kostrel vaciló un instante, y luego se recobró—. La primera es real y la otra no. —Parecía convencido, pero eso no se reflejó en su semblante—. Una sería falsa. Y se notaría la diferencia, ¿no?

Bast dejó que la pregunta navegara. Estaba cerca, pero no era lo que él necesitaba.

—¿Qué diferencia hay entre una camisa que parece blanca y una camisa que es blanca? —replicó.

—Una persona y una camisa no son lo mismo —dijo Kostrel con hondo desdén—. Si Felurian fuese dulce y rosada como Emberlee, pero su pelo pareciese el de la cola de un caballo, sabrías que no era real.

—La glamoría no sirve para engañar solo la vista —dijo Bast—. Lo abarca todo. El oro feérico pesa. Y un cerdo glamorado olería a rosas cuando lo besaras.

Kostrel sufrió una pequeña conmoción al dejar de imaginarse a Emberlee para imaginarse un cerdo, y parpadeó.

—¿No sería más difícil glamorar un cerdo? —preguntó por fin.

—Eres listo —dijo Bast—. Y tienes toda la razón. Y glamorar a una chica guapa para que sea aún más guapa no costaría nada. Es como ponerle glaseado a un pastel.

Kostrel se frotó la mejilla mientras fijaba la vista en algo muy lejano.

—¿Se puede usar glamoría y grammaría a la vez? —preguntó—. Supongo que sería la forma más sencilla de sacarle el máximo partido a la jugada.

Bast se sobresaltó lo suficiente para mudar la expresión.

El chico era brillante como el hierro recién afilado, y tenerlo tan cerca era muy peligroso. Bast sintió que el orgullo le calentaba el pecho, y también un escalofrío, pues temía lo que Kostrel pudiese preguntarle a continuación. Su tercera y última pregunta acechaba como un tigre entre la hierba.

Bast asintió en tono alentador.

—Tengo entendido que es así como se hace.

Kostrel se quedó pensativo.

—Eso es lo que debe de hacer Felurian —observó—. Poner nata encima del glaseado de un pastel.

—Yo también lo creo —dijo Bast—. El que yo conocí me dijo… —Paró en seco. Cerró la boca y su cara se convirtió en una máscara de pavor. Pero evidentemente era demasiado tarde…

Kostrel levantó la cabeza con brusquedad; en sus ojos brillaba un destello de emoción animal.

—¿Conociste a un fata?

Bast sonrió. Sus dientes, perfectos, semejaban un cepo para osos.

—Sí.

Esta vez Kostrel notó el hilo y el anzuelo, pero demasiado tarde.

—¡Desgraciado! —gritó furioso.

—Sí —admitió Bast alegremente.

—¡Me has engañado para que te preguntara eso!

—Sí —dijo Bast—. Era una pregunta relacionada con este tema, y la he respondido íntegramente y sin ambigüedades.

Kostrel se puso en pie y echó a andar enfurecido, pero al cabo de un momento regresó, pisando fuerte con aquellas botas que le quedaban demasiado grandes.

—¡Devuélveme mi penique! —exigió, y tendió una mano con la palma hacia arriba.

Bast sacó un penique de cobre.

—¿Y dónde dices que se baña Emberlee?

Kostrel lo miró con odio.

—Después de comer en la granja de los Boggan —dijo—. Dejas atrás el Puente Viejo y subes hacia las montañas, cerca de un cuarto de milla. Hay una pequeña poza de fondo arenoso oculta por un fresno.

Bast le lanzó el penique sin dejar de sonreír.

—¡Espero que se te caiga el pito! —dijo el niño con rabia antes de echar a andar de nuevo colina abajo.

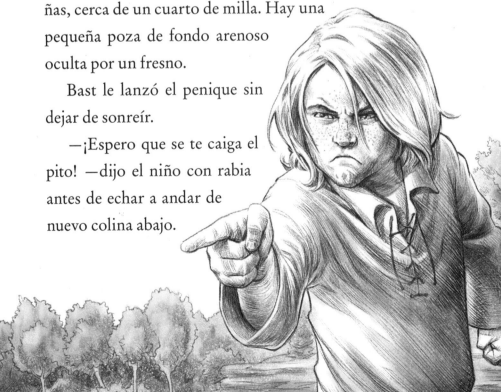

Bast no pudo contener la risa, aunque procuró reír flojito, porque le caía bien Kostrel y no quería hacerle daño. Pero no tuvo mucho éxito, y el sonido de su risa siguió los pasos del pequeño pecoso.

Kostrel se dio la vuelta al llegar al pie de la colina y gritó:

—¡Todavía me debes un libro!

Bast dejó de reír; algo se había sacudido en su memoria. Miró alrededor y sintió pánico al ver que *Celum Tinture* no estaba donde debía.

Entonces se acordó de que había dejado el libro en el acebo y se tranquilizó. El cielo estaba despejado, no había señales de lluvia. No corría peligro.

Se dio la vuelta y corrió colina abajo, pues no quería llegar tarde.

MEDIODÍA: PÁJAROS

Bast no paró de correr hasta llegar al vallecito, y para cuando lo hizo estaba sudado como un caballo de carreras. La camisa se le adhería a la piel y le molestaba, y, mientras bajaba la pendiente de la orilla hasta el agua, se la quitó por la cabeza y se secó el sudor de la cara con ella.

Allí, un saliente de piedra plano y alargado se adentraba en Littlecreek, formando uno de los lados de una tranquila poza en la que el riachuelo se remolinaba. Las ramas de unos sauces colgaban sobre el agua y hacían de aquel rincón un lugar íntimo y sombreado. Unos arbustos tupidos cubrían la ribera, y las aguas estaban lisas, tranquilas, transparentes.

Con el torso desnudo, Bast se colocó sobre el saliente

de piedra. Cuando iba vestido, su cara y sus manos, largas y hábiles, le hacían parecer muy delgado; pero sin la camisa se le veían los hombros asombrosamente musculosos, más propios de un peón del campo que de un holgazán que hacía poco más que deambular todo el día por una posada vacía.

Una vez fuera de la sombra que proyectaban los sauces, se arrodilló y hundió su camisa en el agua de la poza. Entonces la retorció por encima de su cabeza; el agua estaba fría y Bast se estremeció un poco. Se frotó enérgicamente el pecho y los brazos y se sacudió las gotas de agua de la cara.

Dejó la camisa a un lado, se sujetó al canto de piedra que formaba el borde de la poza, inspiró hondo y sumergió la cabeza. El movimiento hizo que los músculos de su espalda y sus hombros se contrajeran. Al cabo de un momento sacó la cabeza; resopló un poco y se sacudió el agua del pelo.

Entonces se levantó y se echó el pelo hacia atrás con ambas manos. El agua resbalaba por su torso cubierto de vello oscuro y formaba surcos que se prolongaban por su plano abdomen. Se sacudió de nuevo y fue hasta un oscuro recoveco, bajo una cornisa de roca. Tanteó un poco y, al cabo de un momento, sacó una pastilla de jabón de color mantequilla.

Volvió a arrodillarse al borde del agua, sumergió la camisa varias veces y empezó a frotarla con la pastilla de jabón. Tardó bastante, porque no tenía tabla de lavar y evidentemente no quería estropear la camisa frotándola contra las ásperas piedras. Enjabonó y aclaró la camisa varias veces, retorciéndola con ambas manos y haciendo que los músculos de sus brazos y sus hombros se tensaran y se marcaran. Hizo un trabajo muy concienzudo, aunque cuando terminó estaba completamente empapado y salpicado de espuma.

Entonces extendió su camisa sobre una roca donde daba el sol y la puso a secar. Empezó a desabrocharse el pantalón, pero se detuvo y ladeó la cabeza, golpeándose la sien con el pulpejo de la mano como si intentara sacarse agua del oído.

Tal vez fuese porque tenía agua en el oído por lo que Bast no oyó los grititos de excitación procedentes de los arbustos que cubrían la orilla. Era un sonido que habría podido confundirse con el de unos gorriones trinando entre las ramas. Una bandada de gorriones. Incluso varias bandadas.

¿Y tampoco vio moverse los arbustos? ¿Ni se fijó en que, entre las ramas colgantes del sauce, había colores que normalmente no se encuentran en los árboles? Un rosa pálido aquí, un rubor allá. De pronto, un amarillo chillón o un azul purpúreo. Y, aunque es cierto que hay blusas y vestidos de esos colores…, bueno, también los lucen los pá-

jaros. Los jilgueros y los arrendajos, por ejemplo. Además, los chicos y las chicas del pueblo sabían perfectamente que el joven moreno que trabajaba en la posada era tremendamente miope y también un poco tonto.

Así que los pájaros trinaban en los arbustos y Bast siguió trabajando el nudo del cordón del pantalón, que por lo visto le estaba dando problemas. Lo manipuló un poco más, hasta que, frustrado, de repente se estiró como un gato y todo su cuerpo se dobló como un arco.

Finalmente consiguió deshacer el nudo del cordón y se quitó el pantalón. Debajo no llevaba nada, y, cuando lo tiró al suelo, proveniente del sauce se oyó un chillido que habría podido ser de un pájaro más grande. Tal vez de una garza. O de un cuervo. Y, si al mismo tiempo una rama se sacudió bruscamente..., bueno, quizá un pájaro que estaba posado en ella se hubiese inclinado demasiado y hubiese estado a punto de caerse. Desde luego, era lógico pensar que unos pájaros fuesen más torpes que otros. Por suerte, en ese momento Bast miraba hacia otro lado.

Entonces se zambulló en el agua, chapoteando como un crío y jadeando de frío. Al cabo de unos minutos, fue hacia una parte menos profunda de la poza, donde el agua le llegaba por la estrecha cintura.

Bajo el agua, un observador atento habría visto que el joven tenía unas piernas un poco... raras. Pero aquel era un sitio sombreado, y todo el mundo sabe que el agua desvía

de un modo extraño la luz y logra que las cosas parezcan lo que no son. Además, los pájaros no son unos observadores muy atentos, sobre todo cuando hay otros lugares más interesantes en los que fijar la vista.

·»·»·•◖●◗•·«·«·

Al cabo de aproximadamente una hora, todavía algo húmedo y oliendo a jabón de madreselva, Bast trepó por el peñasco donde estaba seguro de haber dejado el libro de su maestro. Era el tercer peñasco que escalaba en la última media hora, en busca de un árbol en concreto.

Cuando llegó arriba, Bast se relajó al ver el acebo. Vio la rama y el recoveco tal como los recordaba, pero el libro había desaparecido. Dio una rápida vuelta alrededor del árbol y comprobó que no se había caído al suelo.

Sopló una ráfaga de viento y Bast vio un blanco parpadeo semejante al de una banderita. De pronto se estremeció, temiendo que pudiese ser una hoja que se hubiese desprendido. Había pocas cosas que enfureciesen más a su maestro que un libro maltratado.

Pero no. Bast estiró un brazo y no tocó la cubierta de piel del libro tal como esperaba, sino que sus dedos encontraron una gruesa tira de corteza de abedul sujeta con una piedra. La cogió y vio las letras burdamente talladas en el dorso.

Nezesito ablar contigo.
Es importante.
Rike

Bast acababa de llegar al árbol del rayo cuando vio salir del claro a una niñita que llevaba un vestido azul con volantes.

Mientras ella se le acercaba despacio, Bast introdujo la mano en su saquito, removió y la sacó. Miró hacia abajo y vio destellos dorados contra un trozo liso y negro de pizarra. Unas líneas de delicado grabado trazaban una cadena en la piedra. A la luz del sol, brillaba como si fuera de oro.

La niña no se detuvo en el itinolito, sino que siguió avanzando con dificultad por la ladera de la colina. Era más pequeña que la mayoría de los niños que iban al árbol; debía de tener seis o siete años. Llevaba unas bonitas bailarinas y cintas de color morado oscuro entrelazadas en el pelo meticulosamente rizado.

Era la primera vez que Bast la veía, pero Newarre era un pueblo pequeño. Aunque no la conociese, habría podido adivinar por su ropa fina y su olor a agua de rosas que era Viette, la hija pequeña del alcalde.

La niña subió la colina con firme determinación; llevaba algo peludo en el pliegue del codo. Cuando llegó a la cima, se detuvo y se quedó allí plantada, un poco sudorosa y algo nerviosa; pero supo esperar.

Bast la observó un momento en silencio y luego, poco a poco, se levantó.

—¿Conoces las normas? —le preguntó con seriedad.

Viette permaneció quieta, con sus cintas moradas en el pelo. Era evidente que estaba un poco asustada, pero miró a Bast desafiante, sacando el labio inferior. Dijo que sí con la cabeza.

—¿Cuáles son?

La niña se pasó la lengua por los labios y empezó a recitar con un sonsonete:

—Si no eres más alto que el itinolito... —señaló la piedra caída al pie de la colina— puedes venir al árbol, pero tú solito. —Se llevó un dedo a los labios, haciendo el gesto de pedir silencio—. De esto no dirás...

—¡Para! —la interrumpió Bast bruscamente, y Viette dio un respingo—. Los dos últimos versos hay que pronunciarlos tocando el árbol.

La niña palideció un poco al oír eso, pero dio unos pasos adelante, puso una mano sobre el tronco descolorido del árbol ya muerto y carraspeó; luego hizo una pausa y, moviendo los labios en silencio, repitió el comienzo del poema hasta llegar al punto donde lo había dejado.

—De esto no dirás ni una palabra si no quieres que a ti un rayo te parta.

Cuando pronunció la última palabra, Viette dio un gritito y retiró la mano, como si algo le hubiese picado. Abrió mucho los ojos al mirarse la yema de los dedos y ver que estaban intactas, de un rosa perfectamente incólume. Bast se tapó la sonrisa con una mano.

—Muy bien —dijo Bast—. Ya sabes las normas. Yo guardo tus secretos y tú guardas los míos. Puedo responder preguntas o ayudar a resolver problemas. —Se sentó otra vez, con la espalda apoyada en el árbol; ahora sus ojos estaban a la altura de los de la niña—. ¿Qué quieres?

Viette le tendió la bolita de pelusa blanca que llevaba en el pliegue del codo. La bolita maulló.

—¿Es un gato mágico? —preguntó.

Bast cogió el gatito con una mano y lo examinó. Era casi completamente blanco y estaba adormilado. Tenía un ojo azul y el otro verde.

—Pues sí que lo es —dijo ligeramente sorprendido—. Al menos un poco —añadió antes de devolvérselo.

Ella asintió con seriedad.

—Quiero llamarlo Princesa Buñuelo de Azúcar.

Bast se quedó mirándola.

—Vale —dijo.

La niña lo miró frunciendo el ceño.

—¡Pero no sé si es niño o niña!

—Ah —dijo Bast. Alargó la mano, cogió el gatito, lo acarició y se lo devolvió a Viette—. Es niña.

La hija del alcalde lo miró fijamente, entornando los ojos.

—¿Seguro que no me mientes?

Bast se quedó un momento atónito, y luego se rio.

—¿Por qué me has creído la primera vez y no la segunda? —le preguntó.

—Porque ya me había dado cuenta de que era un gatito mágico —contestó Viette, mirando al cielo en gesto de exasperación—. Solo quería asegurarme. Pero no lleva faldas. No lleva cintas, ni lazos. ¿Cómo puedes saber si es niña?

Bast abrió la boca. Luego la cerró. No estaba ante la hija de un granjero. Viette tenía una institutriz y un armario lleno de ropa. No se pasaba el día entre cerdos y cabras. Nunca había visto nacer un cordero. Era una pregunta fácil. Lo que no sería nada fácil era un alcalde furioso irrumpiendo en la Roca de Guía y exigiendo saber por qué de repente su hija conocía la palabra «pene».

Con todo, la respuesta era bastante sencilla. De todas formas, Bast prefería decir la verdad más grande que la más pequeña.

—Los lazos y las faldas no tienen demasiada importancia —dijo—. Ella ha decidido ser niña, y por lo tanto es niña.

Viette lo miró con recelo.

—Pero ¿cómo sabes lo que ha decidido? —Entonces abrió mucho los ojos—. ¿Puedes hablar con los gatitos?

—Sí —contestó Bast con engreimiento.

Viette abrió aún más los ojos, y se hinchó visiblemente de emoción. Inspiró hondo, retuvo el aire y lo soltó lentamente.

—Dicen que eres listo...

—Lo soy —admitió Bast.

—Cualquiera puede hablar con los gatitos, ¿no?

Bast le sonrió. Tendría que andarse con cuidado con ella. Dentro de un par de años, sería tan espabilada como Kostrel.

—Sí, cualquiera puede si quiere.

—A lo que me refiero —dijo ella, poniendo mucho énfasis en las palabras— es a si los gatitos hablan contigo. —Y se apresuró a añadir—: De forma que tú los entiendas.

—No —dijo Bast. Y a continuación corrigió su respuesta para ser completamente sincero—: Casi nunca.

Viette arrugó mucho el ceño, furiosa.

—Entonces ¿cómo sabes que ha decidido ser niña?

Él titubeó. Prefería no mentir. No allí. Pero no había prometido responder la pregunta; de hecho no había llegado a ningún acuerdo con ella. Eso facilitaba las cosas.

—Le hago cosquillas en la barriga —dijo Bast—. Y, si me guiña el ojo, sé que es niña.

Eso pareció satisfacer a Viette, que asintió con expresión seria.

—¿Qué puedo hacer para que mi padre me deje quedármela?

—¿Ya se lo has preguntado con buenas maneras?

Ella asintió con la cabeza y dijo:

—Papá odia los gatos.

—¿Has gritado y pataleado?

La niña puso los ojos en blanco y dio un suspiro de exasperación.

—Lo he intentado todo. Si no, no habría venido aquí.

Bast se quedó pensativo un momento.

—Vale. Primero, consigue algo de comida que aguante un par de días. Galletas. Manzanas. Nada que huela demasiado. Escóndela en tu habitación donde nadie pueda encontrarla. Ni siquiera tu institutriz. Ni la sirvienta. ¿Tienes algún sitio así?

La niña dijo que sí.

—Luego ve a preguntárselo otra vez a tu padre. Sé amable y educada. Si sigue negándose, no te enfades. Solo dile que quieres mucho a la gatita. Dile que, si no puedes quedártela, temes morir de tristeza.

—Aun así, dirá que no —dijo la niña convencida.

Bast se encogió de hombros.

—Es probable. Pero luego viene la segunda parte. Esta noche, picotea tu cena. No te la comas. Ni siquiera el postre. —La niña fue a decir algo, pero Bast levantó el dedo índice para hacerla callar—. Si alguien te pregunta, limítate a decir que no tienes hambre. No menciones a la gatita. Cuando te quedes a solas en tu habitación, cómete la comida que hayas escondido.

La niña se quedó pensativa.

Bast continuó.

—Mañana, no te levantes de la cama. Di que estás muy cansada. No te comas el desayuno. No te comas la comida. Puedes beber un poco de agua, pero solo pequeños sorbos. Quédate en la cama. Cuando te pregunten qué te pasa…

Viette sonrió.

—¡Digo que quiero a mi gatita!

Bast negó con la cabeza con gesto serio.

—No. Eso lo estropearía todo. Di solo que estás cansada. Si te dejan sola, puedes comer, pero ten cuidado. Si te pillan, ya puedes olvidarte de tu gatita.

La niña escuchaba atentamente, muy concentrada y con la frente arrugada.

—A la hora de la cena estarán preocupados. Te ofrecerán más comida. Tus platos favoritos. Sigue diciendo que no tienes hambre. Que estás cansada. Quédate en la cama. No hables. Pásate todo el día así.

—¿Puedo levantarme para ir a hacer pis?

Bast asintió.

—Pero no te olvides de fingir que estás muy cansada. Nada de jugar. Al día siguiente estarán asustados. Llamarán al médico. Intentarán darte caldo. Lo intentarán todo. En algún momento aparecerá tu padre y te preguntará qué te pasa. —Bast sonrió—. Entonces es cuando te pones a llorar. Pero nada de dar aullidos. Nada de farfullar. Solo lágrimas. ¿Sabes hacer eso?

—Sí.

Bast arqueó una ceja.

La niña puso los ojos en blanco y lanzó un suspiro de exasperación impropio de su tierna edad. Entonces miró fijamente a Bast, parpadeó, volvió a parpadear y, de pronto, las lágrimas se acumularon en sus ojos hasta que se desbordaron y rodaron por sus mejillas.

Como artista, Bast admiraba el talento natural cuando lo encontraba. Se puso a aplaudir con gesto solemne.

Viette hizo una pequeña reverencia, breve como el saludo de un esgrimista.

—Aún no te he enseñado cómo hago puche… —dijo.

—Estoy seguro de que es impresionante —la interrumpió Bast sin una pizca de burla, y luego continuó—: Pues haces eso: solo las lágrimas.

»No digas nada hasta que venga tu padre y te pregunte. Entonces le dices que echas de menos a tu gatita. Recuerda que se supone que estás débil. Llevas días sin comer. Te limitas a llorar y dices que echas tanto de menos a tu gatita que ya no quieres seguir viviendo.

La niña se lo pensó durante un largo minuto mientras acariciaba a la gatita distraídamente con una mano. Al final asintió.

—De acuerdo. —Se dio la vuelta para irse.

—¡Espera! —dijo Bast—. Te he dado dos respuestas y una forma de conseguir tu gatita. Me debes tres cosas.

La niña se volvió; su expresión era una extraña mezcla de sorpresa y bochorno.

—No he traído dinero —dijo sin mirar a Bast a los ojos.

—No hace falta —repuso Bast—. Puedes pagar con favores, trabajos, secretos…

Viette se quedó pensativa.

—Papá esconde la llave de su caja fuerte dentro del reloj de la repisa de la chimenea.

Bast asintió en señal de aprobación.

—Ya tenemos uno —dijo.

Ella miró al cielo sin dejar de acariciar a su gatita.

—Una vez vi a mamá besando a la sirvienta.

Bast arqueó una ceja.

—Ya tenemos dos.

La niña se metió un dedo en la oreja y lo agitó.

—Me parece que ya está.

—¿Y un favor? —dijo Bast—. Necesito que me traigas dos docenas de margaritas con el tallo largo. Y una cinta azul. Y dos ramos de gemíleas.

Viette arrugó la cara en señal de confusión.

—¿Qué son gemíleas?

—Son flores —contestó Bast, también desconcertado—. A lo mejor tú las llamas balsaminas. Son silvestres y crecen por todas partes —añadió, e hizo un amplio ademán con ambas manos.

—¿Te refieres a los geranios?

Bast negó con la cabeza.

—No. Tienen los pétalos independientes, y son de este tamaño. —Formó un círculo con el pulgar y el dedo corazón—. Las hay amarillas, naranjas y rojas…

La niña lo miró sin comprender.

—La viuda Creel las tiene en su jardinera —prosiguió Bast—. Cuando tocas las vainas de las semillas, se abren.

El rostro de Viette se iluminó.

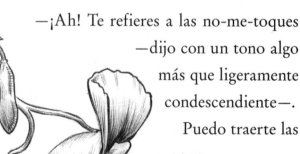

—¡Ah! Te refieres a las no-me-toques —dijo con un tono algo más que ligeramente condescendiente—. Puedo traerte las que quieras. Eso está chupado. —Se dio la vuelta y echó a correr colina abajo.

Bast la llamó antes de que hubiera dado seis pasos.

—¡Espera! —Cuando ella se dio la vuelta, Bast le preguntó—: ¿Qué dirás si alguien quiere saber para quién son las flores que estás recogiendo?

Ella puso otra vez los ojos en blanco.

—Le diré que no es asunto suyo —dijo con vehemencia—. Porque mi papá es el alcalde.

●●●○●○●●●

Viette se marchó, y Bast se tumbó sobre la hierba de la colina y cerró los ojos. No llevaba ni un cuarto de hora dormitando cuando hendió el aire un agudo silbido. No era muy fuerte, pero su sonido hizo que Bast se incorporara tan aprisa como si hubiese oído un grito.

Volvió a sonar aquel silbido, y Bast se levantó como si fuese una marioneta y tuviese una cuerda atada alrededor del corazón. Contuvo el impulso de echar a correr como un perro al que llaman para comer, y se obligó a desperezarse y girar la cabeza hacia uno y otro lado mientras se pasaba los dedos por el pelo todavía húmedo.

Miró hacia abajo desde lo alto de la colina y no vio a ningún niño esperando junto al itinolito. Entonces echó un vistazo a los alrededores y, para tratarse de alguien tan miope como se suponía que era, no tardó nada en distinguir la esbelta figura que había bajo la sombra de los árboles, a unos doscientos pies de donde él se encontraba.

Bajó la colina con paso lento, atravesó el prado y llegó bajo las sombras danzarinas del bosque. Había allí un chico algo mayor. Tenía la cara delgada y la llevaba sucia, aunque la nariz chata suavizaba ligeramente la dureza de sus facciones. Iba descalzo y despeinado, y, cuando Bast se le acercó, trasladó el peso del cuerpo de un pie al otro con la nerviosa energía de un perro callejero que eriza el lomo en señal de desafío y, al mismo tiempo, se prepara para huir.

—Hola, Rike. —La voz de Bast estaba desprovista del tono amistoso y desenfadado que había empleado con los otros niños—. ¿Cómo está el camino de Tinuë?

—Muy lejos de aquí —respondió el chico, cortante y sin mirar a Bast a los ojos—. Vivimos en el culo del mundo.

—Veo que tienes mi libro —dijo Bast.

El chico se lo tendió y, al hacerlo, el puño de su camisa

se deslizó hacia arriba y dejó al descubierto un brazo flaco y sucio.

—No quería robártelo —masculló deprisa—. Pero necesitaba hablar contigo.

Bast miró el libro y puso mala cara. Pero, aunque en muchos aspectos fuese un bobo, no era de los que se amargan por una nimiedad. Cuando cogió el libro y arrugó el ceño al sopesarlo, pareció que el sol se ocultaba un instante tras una nube.

—No he incumplido las normas —se apresuró a decir Rike, que seguía con la vista clavada en el suelo—. Ni siquiera he entrado en el claro. Pero necesito ayuda. Y pagaré.

Bast quería rechazarlo, pero dijo:

—Me mentiste, Rike.

—¿Y no pagué por ello? —preguntó el chico. La rabia se colaba en su adusta voz—. ¿No pagué diez veces por ello? ¿No es mi vida lo bastante desgraciada como para que le echen encima más desgracias?

—Y tú y yo sabemos que eres demasiado mayor —dijo Bast con gravedad.

—¡No es verdad! —El chico dio un pisotón. Luego apretó la mandíbula e inspiró hondo; era obvio que se esforzaba para no perder los estribos—. ¡Tam es un año mayor que yo y a él le dejas ir al árbol! ¡Lo que pasa es que soy más alto que él!

—Yo no tengo la culpa de que incumplieras las normas, chico —dijo Bast, y, si bien la expresión de su cara no cambió, había una veta de amenaza entretejida en su voz.

Rike alzó bruscamente la cabeza; echaba chispas por los ojos.

—¡No me llames chico! —gruñó sin poder contener la rabia—. ¡Y yo no tengo la culpa de que tus normas sean una mierda! —La voz de Rike estaba cargada de desprecio—. ¡No sé ni por qué te hago caso!

Furioso, Rike apuntó con un dedo a Bast y se puso a gritarle con rabia, enseñando los dientes.

—¡Todos saben que vales menos que un calderero! —Rike tenía los ojos muy abiertos, casi salidos de las órbitas, como un perro rabioso; estaba tan colérico que apenas veía, y continuó—: ¡Eres un desgraciado y un inútil, y te mereces más leña de la que recibes!

Hubo un largo silencio, interrumpido solo por la respiración entrecortada del chico. Rike volvió a clavar la vista en el suelo, con los brazos pegados a los costados y los puños apretados. Estaba temblando.

Bast entrecerró ligeramente los ojos.

—Solo… —Al chico se le quebró la voz, y tragó saliva. Lo intentó de nuevo—: Solo uno. —Tenía la voz áspera, como si se la hubiese dañado al gritar—. Solo un favor. Solo esta vez. Pagaré lo que me pidas. Pagaré el triple.

Rike abrió las manos haciendo un gran esfuerzo. Todavía temblaba, pero toda la ira había desaparecido.

—Solo… Por favor…

Sin levantar la vista del suelo, dio un vacilante paso adelante. Alargó la mano y la dejó allí colgando; entonces asió tímidamente la manga de la camisa de Bast y tiró de ella una vez antes de volver a bajar la mano. Su voz era débil como un junco partido.

—Por favor, Bast…

Al oír que Rike pronunciaba su nombre, Bast sintió un sudor frío. Se sintió débil como el papel mojado. Como si tuviese los pulmones llenos de agua. Como si sus huesos fuesen de frío hierro. Como si el sol se hubiese quedado negro en el cielo.

Entonces todo volvió a ser como antes. Bast apoyó una mano en un árbol cercano. Notaba las ásperas escamas de la corteza de pino contra la yema de los dedos. Inspiró hondo para respirar y se dio cuenta de que ya estaba respirando. Se apartó un poco del chico, lo justo para colocarse fuera de su alcance… y le sorprendió que sus piernas pudiesen soportar su peso.

Rike levantó la cabeza; tenía los ojos anegados de lágrimas. Su rostro estaba crispado en una mueca de ira y temor. El chico era demasiado joven para contener el llanto, pero lo suficientemente mayor para odiarse a sí mismo por no poder hacerlo.

—Yo solo no puedo arreglar esto.

Bast inspiró hondo y expulsó el aire.

—Rike…

—Necesito que te deshagas de mi padre —dijo el chico con la voz quebrada—. A mí no se me ocurre cómo hacerlo. Podría romperle el cráneo mientras duerme, pero mi madre me descubriría. Él bebe mucho y le pega. Y ella no para de llorar, y entonces es peor.

Bast permaneció muy quieto. Perfectamente inmóvil, como si fuese a quedarse petrificado.

Pero Rike volvía a mirar el suelo, y un chorro de palabras salía por su boca.

—Podría sorprenderlo cuando está borracho por ahí, pero es demasiado corpulento. Después no podría moverlo. Encontrarían el cadáver y el azzie vendría a buscarme. Entonces no podría volver a mirar a mi madre a la cara. Porque si ella se enterase… No me imagino el daño que podría hacerle saber que soy la clase de persona capaz de matar a su propio padre.

Entonces levantó la cabeza; la ira se reflejaba en sus ojos, enrojecidos por el llanto. Cuando volvió a hablar, su voz sonó monótona y fría:

—Pero lo haría. Lo mataría. Solo necesito tu ayuda.

Hubo un momento de silencio entre los dos; no duró más que un suspiro.

—De acuerdo —dijo Bast.

MERIDIÓN: DEUDA

Rike necesitó un momento para recomponerse, o al menos eso fue lo que supuso Bast. En realidad, lo que había dicho el chico era que necesitaba ir a ver a alguien para hablar de un caballo, y a continuación había echado a correr hacia los matorrales.

Bast suspiró como un niño en la iglesia y alzó la vista al sol. Las incesantes ruedas de su deseo no se detenían porque un granjero bebiera demasiado. Ese día ya tenía suficiente trabajo. Emberlee pronto iría a darse su baño. Bast necesitaba zanahorias para el guiso…

Pero su deuda pendiente con el chico era como un pincho clavado en la lengua. Y eso era cuando Rike estaba en cualquier otro lugar. Cuando estaba cerca, era como una navaja recién afilada y apretada contra su cuello. El que el chico no supiese que tenía el mango de esa navaja en la mano no lo tranquilizaba.

Y por si la situación no estuviese suficientemente enredada, el chico había traicionado la confianza de Bast en una ocasión anterior. Eso había que tenerlo en cuenta.

Antes de ir a Newarre con su maestro, la traición del chico habría sido motivo de gozo para Bast. La venganza era un deseo simple y crudo. Gratificante, limpio como el fuego. Sentías un placer misterioso y rotundo cuando saldabas una cuenta tan sólidamente que reducías a cenizas la vida de un mortal.

Sin embargo, por primera vez, Bast no tenía libertad para hacer esas cosas. O, mejor dicho, era libre para elegir entre deseos. Tomarse la dulce y terrible venganza que se merecía… o seguir ayudando a su maestro. Mantener intactas sus máscaras y permanecer allí, recogidos en la posada recién construida, ocultos en ese tranquilo pueblecito.

Así pues, el verano anterior, Bast había decidido frustrar su deseo y renunciar a algo que para él habría sido tan natural como sacar la lengua. Y sí, de todos modos se había vengado de Rike por su traición. Y sí, se había cobrado una venganza ingeniosa, ladina y cruel. Pero, aun así, para Bast era como tener hambre de filete y que te dieran gachas. Era como saciar la sed de vino lamiendo su sombra en una pared.

Y, por lo visto, esa era la recompensa de Bast por mostrar tan notable contención y actuar en contra de sus deseos naturales: el chico al que le había perdonado la vida ahora lo tenía amarrado por el cuello con una correa.

Pero el favor que le estaba pidiendo Rike… podía tener su contrapartida positiva. Si Bast actuaba con suficiente rapidez, cabía la posibilidad de que se soltara de la correa antes de que ocurriera el desastre. Hacía un momento, en el bosque, había estado a punto de ocurrir.

Bast volvió a suspirar, miró vagamente alrededor hasta que Rike salió de los matorrales abrochándose el pantalón. Sin decir nada, se dio la vuelta y guio al chico fuera del bosque, hasta el claro, y de allí hacia la colina.

Bast llegó al itinolito. No había ningún niño esperando, así que se detuvo y se volvió hacia Rike.

—Dime qué quieres exactamente —dijo, apoyándose contra un lado de

la gran piedra calentada por el sol—. ¿Quieres matarlo? ¿O solo quieres que se marche?

Con los ojos todavía enrojecidos, Rike se encorvó bajo el peso de esa pregunta y metió las manos en los bolsillos.

—Hará cosa de un año desapareció durante dos ciclos. —El débil fantasma de una sonrisa iluminó brevemente la sucia cara del chico—. Lo pasamos muy bien solos, mamá, Tess y yo. Todos los días, al despertar y comprobar que él no estaba, sentía como si fuese mi cumpleaños. Yo no sabía que a mi madre le gustaba cantar...

El chico se quedó callado un momento.

—Creía que se había caído en algún sitio, borracho, y que por fin se había partido el cuello. —La sonrisa ya había desaparecido. Rike se frotó los ojos y escupió en la hierba—. Resultó que solo había cambiado un montón de pieles por dinero para beber. Se había pasado medio mes semiinconsciente en su cabaña de trampero.

Rike sacó las manos de los bolsillos; entonces no supo qué hacer con ellas y volvió a meterlas. Sacudió la cabeza.

—No. Si solo se marchara, yo no podría volver a dormir, pensando que regresaría. —Rike hizo una pausa—. No —dijo, más firme esta vez—. No. Si se marcha, sé que tarde o temprano volverá.

—Yo puedo pensar el cómo —repuso Bast—. Necesito que me digas lo que realmente quieres.

—Hay que hacerlo pronto —contestó Rike, y un hilo de profundo pánico tiñó su voz—. ¿Qué diferencia hay?

Bast miró al sol y suspiró. Había cosas que no podían ignorarse fácilmente.

Y, sin embargo, había cosas que no podían olvidarse fácilmente.

Contra sí mismo, Bast cogió el saquito de piel y extrajo un embril. Lo sostuvo dentro del puño y, sin decir nada, inclinó el saquito abierto hacia el chico.

Rike se quedó desconcertado, pero tras hurgar un poco sacó la mano y mostró un trozo de pizarra con una cadena grabada. Esta vez no había oro, solo el gris plateado del hierro.

Bast abrió la mano y dejó al descubierto un tosco trozo de obsidiana que no tenía grabada ninguna imagen. Uno de los bordes estaba astillado y le había hecho un corte en la palma de la mano, y de repente Bast y el chico vieron brotar la sangre y formar una línea de color rojo intenso.

Bast arrugó el ceño, dio un bufido de fastidio y puso los ojos en blanco, como si el mundo acabara de contarle un chiste rebuscado y sin gracia. Sostuvo el saquito de mala gana y, como Rike no volvió a meter dentro inmediatamente el trozo de pizarra, lo sacudió con impaciencia.

Cuando Rike devolvió el trozo de pizarra, Bast se guardó los embriles en el bolsillo y miró al chico a los ojos.

—¿Cómo se llama tu padre?

—Jessom. —Por cómo lo dijo, parecía que tuviese algo de sabor amargo en la boca.

—Suponiendo que lleguemos a un acuerdo. Suponiendo que pueda ser pronto. ¿Qué quieres? ¿Que desaparezca o que se muera?

Rike permaneció largo rato callado, con las mandíbulas muy apretadas.

—Que desaparezca —dijo por fin. La frase estuvo a punto de atascarse en su garganta—. Pero que sea para siempre. Si puede ser.

—Puede ser —repuso Bast con calma.

Rike miró a Bast, y luego volvió a mirarse las manos.

—Entonces, que desaparezca —dijo por fin—. Yo lo mataría, pero eso no estaría bien. No quiero ser esa clase de hombre. No está bien matar a tu propio padre.

—Yo podría hacerlo por ti —replicó Bast con naturalidad, como si estuviesen intercambiando tareas cotidianas—. Y no tendrías las manos manchadas de sangre.

Rike volvió a quedarse callado; luego negó con la cabeza.

—Es lo mismo, ¿no? De una forma o de otra, soy yo. Y, si fuera yo, sería más honesto que lo hiciese con mis propias manos, en lugar de hacerlo con la lengua.

Bast se encogió de hombros.

—De acuerdo. ¿Que desaparezca para siempre?

—Que desaparezca para siempre —confirmó Rike, y tragó saliva—. Y eso ¿cuánto me va a costar?

—Mucho —dijo Bast—. Y no me pagarás con bollos ni con botones. Piensa en lo mucho que quieres esto. Piensa en lo importante que es. —Clavó los ojos en el chico, y este no desvió la mirada—. El triple de eso. Eso será lo que me deberás. Y un poco más porque tiene que ser pronto. —Miró fijamente al chico—. Piénsalo bien.

Rike había palidecido un poco, pero tenía los ojos como el pedernal, y sus labios dibujaban una línea recta.

—Lo que sea —dijo—. Pero que no tenga que quitarle nada a mi madre. Apenas le queda nada, porque mi padre se lo gasta todo en bebida.

Bast miró al chico de arriba abajo.

—Eres mío hasta que te diga que estamos en paz. Secretos. Favores. Cualquier cosa. —Bast lo miró con dureza—. Este es el trato.

Rike había palidecido aún más, pero asintió con la cabeza.

—Pero si solo me afecta a mí. Nada que pertenezca a mi madre ni que la afecte a ella. Y tiene que ser pronto —dijo Rike—. Cada vez es peor con él. Yo me puedo escapar, pero mi madre no. Ni la pequeña Bip. Ni…

—Sí, sí —lo cortó Bast malhumorado, agitando las manos—. Y pronto, sí.

Bast se dio la vuelta, rodeó el itinolito y empezó a subir la ladera de la colina, haciéndole señas a Rike para que lo siguiera.

Subieron en silencio durante un minuto. El sol se ocultó detrás de una nube e hizo que, de pronto, el cálido día de verano se tornara fresco y gris.

Bast coronó la colina con Rike detrás de él por primera vez desde hacía más de un año. Juntos, fueron hasta el tronco blanco y pelado del árbol del rayo. El viento arreció un poco, y agitó el negro pelo de Bast cuando el sol salió de detrás de la nube y su luz mantecosa hizo que todo resplandeciera con un brillo cálido.

Bast levantó una mano; la sangre brillaba en su palma. La apretó con fuerza contra el tronco sin corteza. Por debajo del hombro, le lanzó el trozo de obsidiana astillado a Rike.

Rike atrapó el embril sin dificultad y, sin vacilar, se hizo un corte en la palma de la mano. Brotó la sangre y Rike se acercó más, apretando la mano contra la madera lisa y cálida.

Se quedaron los dos allí de pie, uno alto, el otro bajo. Cada uno estaba a un lado con los brazos extendidos, y parecía que sujetaran el árbol hendido.

Bast miró al chico a los ojos.

—¿Quieres cerrar un trato conmigo?

Rike asintió con la cabeza.

—Pues dilo —ordenó Bast.

—Quiero cerrar un trato —dijo Rike.

Bast sacudió ligeramente la cabeza.

—Di: Bast, quiero que cierres un trato conmigo.

Rike inspiró antes de continuar.

—Bast —dijo, con una solemnidad tan profunda que cualquier sacerdote lo habría envidiado—. Por favor, haz un trato conmigo.

Rike vio que Bast agachaba ligeramente la cabeza y que su cuerpo se estremecía levemente, como si de pronto cargara sobre los hombros un peso descomunal.

Bast inspiró y se enderezó. Con pasos cuidadosos, describió un círculo alrededor del árbol, pero por algún misterioso motivo no se movió de donde estaba. Rike parpadeó como si no estuviese seguro de lo que acababa de ver.

Bast giró sobre sí mismo; hizo un movimiento parecido a la pirueta de un bailarín, pero, una vez más, por alguna extraña razón seguía quieto donde estaba, con una mano sobre el tronco del árbol del rayo. Rike parpadeó, y volvió a parpadear. El sitio donde estaba Bast fluctuó, ondulándose como un camino llano en un día caluroso de verano.

Con cuidado, Bast trazó y no trazó un suave círculo con la mano y combatió el impulso de sonreír. Todos los días hacía suyo aquel lugar. Lo tejía bien fuerte. Lo gastaba hasta dejarlo bien fino.

Inspiró hondo y seguido y notó que los bordes del mundo empezaban a resbalar y doblarse. Olía a madera desgarrada y quemada. El sol parpadeaba en el cielo. La sombra que había debajo de las enormes y desparramadas ramas del roble era oscura como la noche. Brillaban las estrellas.

Bast sonrió cuando, bajo el peso de su deseo, el tiempo empezó a desplazarse y quebrarse. El aire no se movía. Él tenía los ojos oscuros y terribles. Entonces, ágil como un bailarín, levantó una pierna para dar un paso...

◦◦▸▸◦◉◦◂◂◦◦

... y subió a la cima de la colina con Rike detrás de él por primera vez ese día. Otra vez. Llegaron allí por primera vez y otra vez. Y juntos se colocaron al lado del tronco liso del árbol del rayo. Brillaba un sol caliente como la miel. El viento doblaba la hierba crecida, que les lamía las piernas.

Bast se dio la vuelta, miró a Rike a los ojos y asintió con seriedad.

—Ayúdame a hacer que mi padre desaparezca—dijo Rike—. Para siempre. Para que mi madre no tenga que volver a verlo nunca más.

Bast apretó la palma ensangrentada contra la prístina blancura del árbol.

—Que desaparezca para siempre —concedió—. Y pronto.

—Hazme este favor y estaré en deuda contigo —dijo Rike—. Trabajaré como un...

—No —dijo Bast, y su voz sonó como una barra de plomo. Le lanzó el trozo afilado de obsidiana a Rike, y el

rojo atardecer brilló como la sangre a lo largo de su borde irregular—. Hago esto, y porque lo hago tú serás mío hasta que yo lo diga.

Rike tragó saliva.

—Lo juro. —El chico se hizo un corte en la palma de la mano, por debajo del pulgar. El blanco tronco del árbol del rayo reflejó el rojo de la puesta de sol cuando Rike apretó su mano ensangrentada contra él—. Harás que se marche tan lejos que su sombra jamás cruzará un camino que mi madre tenga que pisar.

••••◦◉◦••••

Bast llevó a Rike a ocupar su lugar junto al árbol del rayo, por primera vez y otra vez. Soplaba un viento frío que les secó el sudor de la frente. La piel de Bast parecía más clara bajo la luz que se extinguía, como si reflejara la luz del creciente de luna que colgaba en lo alto.

Rike se tambaleó un poco y se apoyó con una mano en el tronco del árbol del rayo. Notó la sangre húmeda en la piel y cómo la madera, fría y seca, la absorbía.

Bast apoyó la mano en el pálido tronco.

—Hago esto, y porque lo hago te poseo hasta lo más hondo de tu ser. —Sus ojos eran exactamente del mismo color morado que el crepúsculo que se desvanecía a sus espaldas—. ¿Si te pido el pulgar? Vas a buscar un cuchillo de deshuesar. Si tienes un sueño dulce por la noche, le pones un lazo y me lo traes.

—Lo juro. —El frío nocturno hizo estremecerse a Rike. Se cortó la mano. Apretó la mano contra el árbol. Bast le lanzó el embril, y él lo atrapó—. Haz que desaparezca y que no vuelva nunca. —Rike se pasó la lengua por los labios—. Pero déjalo con vida, aunque mi corazón preferiría verlo muerto.

•••••◉••••

Rike coronó la colina por primera vez desde hacía más de un año y encontró a Bast esperándolo de pie en la oscuridad, junto al árbol del rayo. Soplaba un fuerte viento; el embril que tenía en la mano estaba más frío que un trozo de hielo. La luna, suspendida justo encima de ellos, brillaba intensamente.

Rike se pinchó los dedos de uno en uno. Bajo la luz de la luna, cada gota de sangre perfectamente negra destacaba en su mano increíblemente blanca.

—Ella nunca más tendrá que mirarlo —dijo Rike—. Tess nunca más tendrá que esconderse cuando oiga unas botas al otro lado de su puerta. La pequeña Bip ya no tendrá que aprender su nombre. Desaparecerá hasta que todos nosotros hayamos olvidado su cara para siempre, incluso en sueños. —Tocó el árbol con los dedos y notó que se congelaban, se pegaban y ardían, como cuando tocaba el mango de la bomba de agua los días más fríos del invierno.

—Hago esto, y porque lo hago nunca más te deberé nada —dijo Bast. Sus ojos, vacíos, brillaban como las estrellas esparcidas por la perfecta negrura del cielo—. Cualquier deuda u obligación quedará saldada. Cualquier regalo que me hayas hecho queda libre de ataduras y ahora se convierte en un obsequio ofrecido libremente, sin obligación, derecho ni prenda.

—Hazlo y quedaremos en paz —repuso Rike—. Yo haré todo lo que me digas. Pero nada contra mi madre, ni contra Tess, ni contra la pequeña Bip. Solo debo lo que es mío, y ese es el trato.

Bast estiró un brazo hacia arriba, deslizó suavemente la palma de la mano por el cortante filo blanco del borde de la luna y luego la posó en el árbol que tenía al lado.

—Que desaparezca para siempre, que siga con vida, y pronto. Lo juro por mi sangre y mi nombre. Lo juro por la luna que no cesa. —La piel de Bast casi brillaba en la oscuridad—. Aquí, en este sitio, entre la piedra y el cielo, te lo juro tres veces.

Rike se separó del árbol. Tendió una mano como si tratara de mantener el equilibrio, aunque su cuerpo no se balanceaba ni parecía inestable. Tampoco estaba mareado, aunque sí cerró los ojos e inspiró hondo al apoyar las manos en la cálida superficie del itinolito, donde estaba sentado.

Bast se lamió la sangre de la palma de la mano mientras observaba a Rike con mirada felina. El sol salió de detrás de una nube, calentándolos a los dos mientras el viento hacía que las ondas susurraran entre la hierba crecida.

Rike balanceó distraídamente los pies un par de veces antes de saltar del itinolito y caer suavemente en la hierba.

—Bueno, ¿por dónde empezamos?

—Primero, déjame verte las manos —dijo Bast.

—¿Por qué? —preguntó Rike sin comprender.

Bast ladeó mínimamente la cabeza y le lanzó al chico una mirada de perfecta, pura e impasible calma.

Rike palideció y avanzó al instante, tendiendo ambas manos. Bast alargó una mano con cautela, y primero tocó el dorso de una mano del chico con un solo dedo. Nada. Luego sujetó suavemente la muñeca de Rike. En apariencia fue tomando confianza, y entonces Bast le cogió ambas manos, les dio la vuelta y las puso con la palma hacia arriba. Estaban sucias, como si el chico hubiese estado trepando peñascos o árboles. Tenía algunos arañazos y cicatrices viejas, pero nada más.

Aparentemente satisfecho, le soltó las manos al chico, y estas cayeron inertes junto a sus costados. Bast contuvo el impulso de limpiarse las manos en los pantalones.

—Y segundo, ve a buscar a Kostrel —añadió en lugar de limpiarse—. Dile que tengo un poco de eso que le debo.

Durante un brevísimo instante, pareció que Rike iba a

decir algo. Entonces se limitó a asentir una vez con la cabeza.

Bast sonrió con picardía y asintió a su vez en señal de aprobación.

—Lo tercero es el amuleto. —Bast señaló el riachuelo—. Ve a buscar una piedra de río con un agujero en el medio. Y tráemela aquí.

—¿Una piedra feérica? —saltó Rike.

Bast necesitaba cortar eso de raíz.

—¿Piedra feérica? —dijo con sarcasmo, y Rike se puso colorado—. Eres demasiado mayor para esas bobadas. —Le lanzó una mirada—. ¿Quieres que te ayude o no?

—Sí —contestó Rike con un hilo de voz.

—Pues tráeme una piedra de río. —Bast señaló imperiosamente hacia el riachuelo—. Y tienes que encontrarla tú —improvisó—. No puede ser nadie más. No puedes obtenerla a cambio de nada. Y tienes que cogerla de la forma adecuada para que podamos usarla para el amuleto: tiene que estar seca en la orilla, donde le haya dado el sol, con el agujero orientado hacia el cielo.

Rike asintió.

Bast dio una fuerte palmada que sonó como un pequeño trueno. Rike echó a correr como un sabueso tras una liebre.

Tumbado en el verde suelo, Bast arrancó un tallo de hierba y lo masticó. Se frotó el pecho relajadamente, deleitándose en la ligereza que notaba allí. Cierto, había hecho un trato que estaba obligado a cumplir. Y Rike había insistido mucho en el «pronto», y Bast había hecho un juramento, así que debía ocuparse de ello ese mismo día. Y sí, ya había hecho planes, y esto se los iba a complicar...

Pero ¿a quién no le gustaba un pequeño desafío de vez en cuando? Y, si estaba más ocupado de la cuenta, ¿qué mejor día que el solsticio de verano para incluir alguna tarea extra? Bast habría pagado diez veces el precio para quedar libre de aquel chico. Cincuenta veces. Sonrió como un gato que sabe qué ventana de la lechería es la que no cierra bien. Todavía quedaba trabajo por delante, pero, como artista, Bast estaba claramente satisfecho con lo que había empezado.

TARDE: ALAMBIQUE

Como no había niños esperando, Bast se puso a hacer cabritillas en el riachuelo. Le dio a una rana y la asustó. Hojeó un poco *Celum Tinture*, examinando las ilustraciones: Calcificación. Análisis volumétrico. Sublimación. Sacó un par de embriles, y luego se pasó un buen rato cavilando sobre la pareja formada por la Balanza Vacía y el Árbol de Invierno.

Brann, feliz sin los golpes de vara y con la mano bien vendada, le llevó dos bollos de jarabe de arce envueltos en un fino pañuelo blanco. Bast se comió uno y dejó el otro a un lado.

Viette le llevó grandes ramos de flores y una bonita cinta azul. Bast tejió una corona con las margaritas, incorporando la cinta de manera que quedara entrelazada con los tallos y formara una elaborada trenza.

Por último, miró al sol y vio que casi había llegado la hora. Se quitó la camisa y metió dentro todas aquellas no-me-toques rojas y amarillas. Añadió el pañuelo y la corona; entonces cogió un palo e hizo un hatillo para poder transportarlo todo sin temor a aplastarlo.

Dejó atrás el Puente Viejo, subió hacia las montañas y rodeó un peñasco hasta que encontró el sitio que le había descrito Kostrel. Estaba muy bien escondido. El riachuelo formaba un recodo y se arremolinaba en una bonita y pequeña poza perfecta para darse un baño sin ser visto.

Bast caminó río arriba, observando atentamente el agua. Tuvo que desviarse para rodear una zona pantanosa, y luego un afloramiento rocoso, hasta llegar a unas zarzas de frambuesas completamente impenetrables que lo obligaron a dar media vuelta. Se dirigió río abajo hacia el Puente Viejo, cruzó el riachuelo y volvió a caminar río arriba, explorando la otra orilla.

Esta vez encontró menos obstáculos y pudo llegar mucho más cerca del riachuelo. Observó el agua atentamente, lanzando una hoja, un trozo de corteza, un puñado de hierba. Alzó la vista al sol. Escuchó el sonido del viento. Correteó arriba y abajo por la orilla una docena de veces.

Al final, o bien descubrió lo que quería, o sencillamente se aburrió. Regresó a la poza sombreada y solitaria, se puso cómodo detrás de unos arbustos y casi se había dormido cuando el chasquido de una ramita y un fragmento de canción lo despertaron de golpe. Se asomó y vio a una joven que descendía con cuidado por la empinada cuesta que conducía hasta el borde del agua.

Sin hacer ruido, Bast se escabulló río arriba con su hatillo. Al cabo de tres minutos estaba arrodillado en una parte de la orilla cubierta de hierba, donde antes había dejado el montón de flores.

Cogió una flor amarilla, se la acercó a la cara y, cuando su aliento acarició los pétalos, estos cambiaron de color y se tornaron de un azul delicado. Bast dejó caer la flor en el agua y la vio deslizarse lentamente llevada por la corriente.

Luego cogió un ramillete de flores rojas y naranjas y volvió a soplar sobre ellas. Estas también cambiaron hasta adquirir un azul claro y luminoso. Bast las esparció por la superficie del riachuelo. Lo hizo tres veces más, hasta que se le acabaron las flores.

Entonces cogió el pañuelo y la corona de margaritas, corrió río abajo, cruzó el puente, dio la vuelta y fue hasta la pequeña y acogedora hondonada protegida por un gran olmo.

Había ido tan deprisa que Emberlee estaba llegando en ese momento al borde del agua.

Con sumo sigilo, se acercó al olmo de extensas ramas. Con el pañuelo y la corona en una mano, trepó por él, ágil como una ardilla.

Al poco rato, Bast se hallaba tendido sobre una rama baja, protegido por las hojas; respiraba deprisa, pero sin hacer ruido. Emberlee se estaba quitando las medias y dejándolas con mucho cuidado sobre un seto cercano. Tenía el pelo de un rojo dorado y brillante, y caía por sus hombros y su espalda formando perezosos rizos. Tenía la cara dulce y redonda, y el cutis de un adorable rosa claro.

Bast sonrió al ver que la joven miraba alrededor, primero hacia la izquierda y luego hacia la derecha, y empezaba a desabrocharse el corpiño. Llevaba un vestido de color azul purpúreo con ribetes amarillos, y, cuando lo tendió sobre el seto, el vestido dio un revuelo y se desplegó como el ala de un pájaro. Quizá una mezcla fantástica de jilguero y arrendajo.

Emberlee ya solo llevaba puesta la enagua y volvió a mirar alrededor: izquierda y derecha. Entonces se la quitó con un movimiento fascinante. Tiró la enagua a un lado y se quedó allí de pie, desnuda como la luna. Tenía la piel clara y salpicada de pecas, y unas caderas anchas y preciosas. Los pezones eran de un rosa suavísimo.

Se metió corriendo en el agua, dando una serie de grititos de consternación por lo fría que estaba. Sus gritos no se parecían en absoluto a los de un cuervo. Aunque tal vez pudiesen confundirse con los de una garza.

Emberlee se lavó un poco, chapoteando y estremeciéndose. Frotó una pastilla de jabón con las manos y se enjabonó. Metió la cabeza en el agua y salió jadeando. Su rizado cabello, del color de las cerezas maduras ahora que estaba mojado, se adhería a su piel.

Fue entonces cuando llegó la primera no-me-toques azul flotando en el agua. Ella la vio alejarse con curiosidad y se puso a enjabonarse la cabeza.

Llegaron más flores. Bajaban con la corriente y describían círculos alrededor de la joven, atrapadas en el lento remolino de la poza. Ella las miró sorprendida. Entonces ahuecó las manos, recogió un puñado, se las acercó a la cara e inspiró hondo para olerlas.

Rio encantada, se sumergió en el agua y volvió a salir rodeada de flores. El agua resbalaba por su cuerpo, pero las flores se pegaban a ella, enredándose en su pelo y adhiriéndose a su piel como si se resistieran a marcharse.

Y entonces Bast se cayó del árbol.

Hubo un breve y desesperado arañazo de dedos contra la corteza, un pequeño aullido, y entonces golpeó el suelo como un saco de sebo. Quedó tumbado boca arriba en la hierba y soltó un débil y triste gemido.

Oyó un chapoteo, y entonces Emberlee apareció en su campo de visión. Lo miraba desde arriba y se tapaba con

la enagua blanca. Bast la miró sin moverse de donde estaba, tumbado en la alta hierba.

Había tenido la suerte de caer en una zona muy mullida. De haber caído unos palmos hacia un lado, se habría dado contra las rocas. Y unos palmos hacia el otro lado y habría acabado chapoteando en el barro.

Emberlee se arrodilló junto a él; tenía la piel clara y el pelo oscuro. Una flor había quedado prendida en su cuello. Era del mismo color que sus ojos, de un azul claro y brillante.

—¡Oh! —dijo Bast alegremente mientras la observaba. Tenía la visión ligeramente borrosa—. Eres mucho más preciosa de lo que yo esperaba.

Emberlee miró al cielo, pero no dejó de dedicarle una cariñosa sonrisa.

Bast levantó una mano como si fuese a acariciarle una mejilla, pero entonces vio que en ella tenía la corona y el pañuelo anudado.

—¡Ah! —dijo al recordar—. También te he traído unas margaritas. ¡Y un bollo recién hecho!

—Gracias —contestó ella, y cogió la corona de margaritas con ambas manos. Para eso tuvo que soltar la enagua, que cayó suavemente sobre la hierba.

Bast parpadeó; se quedó momentáneamente sin palabras.

Emberlee ladeó la cabeza para examinar la corona. La

cinta era de un azul precioso, pero no podía compararse con la belleza de sus ojos. La levantó con ambas manos y se la colocó con orgullo en la cabeza. Con los brazos todavía levantados, miró a Bast e inspiró larga y pausadamente.

La mirada de Bast resbaló de la corona.

Emberlee le sonrió con indulgencia.

Él tomó aire para hablar, pero se detuvo e inspiró por la nariz. Madreselva.

—¿Me has robado el jabón? —preguntó incrédulo.

Riendo feliz, ella se agachó para besarlo.

Bast dio una amplia vuelta por las montañas que había al norte del pueblo. Era una zona agreste y pedregosa. El suelo no era lo bastante hondo ni plano para plantar, y el terreno era demasiado escarpado para el pastoreo.

Incluso con las indicaciones del niño, le costó trabajo encontrar el alambique de Martin. Había que reconocer que aquel chiflado había escondido bien su secreto: con tantas zarzas, rocas desprendidas y árboles caídos, Bast nunca lo habría encontrado por casualidad. Lo que al principio parecía un bosquecillo de sauces resultó ser la entrada de un pequeño valle cerrado y cubierto de maleza. Al fondo del valle había un saliente sobre una cueva poco profunda con tres cuartas partes de una choza construida fuera de ella.

Bast redujo el paso en cuanto vio la puerta de la choza. Tenía cierta experiencia entrando y saliendo de sitios que la gente quería mantener en secreto. Por tanto, sabía un centenar de trucos sencillos y crueles para disuadir a los curiosos.

Sintió que la emoción borboteaba en su interior mientras, lentamente, empezaba a buscar las trampas que Martin pudiese haber montado para custodiar su alambique. Por regla general, la gente mostraba una razonable moderación, pues sabía que la mayoría de los que irían por allí a fisgar serían vecinos. Una cosa era montar una trampa que pudiese dejar al intruso con una breve cojera o unos cuantos arañazos, que además te permitirían saber quién había estado fisgando en tus secretos. Pero tenías que seguir viviendo en esa comunidad, de modo que la gente solía respetar ciertos límites.

Sin embargo, Martin no se distinguía precisamente por la moderación, ni siquiera por la amabilidad, y mucho menos por el deseo de ser un miembro pacífico de la comunidad. Bast lo sabía mejor que nadie, porque, menos de un minuto después de conocer a aquel hombre tan corpulento, Martin le había lanzado un hacha a la cabeza antes de cargar contra él, con los puños por delante y farfullando sobre demonios y cebada. A Bast le habría gustado oírlo todo con mayor claridad, pero estaba demasiado ocupado corriendo entre los árboles como un conejo con una brasa candente en el culo.

Tras preguntar un poco, Bast se enteró de que, aunque aquello había sido exagerado, no era nada fuera de lo normal tratándose de aquel hombre que más bien parecía un oso. Estaba considerado el mejor destilador y cazador furtivo del pueblo, dos hobbies que practicaba abiertamente, con flagrante desprecio a las leyes del rey.

Sin embargo, a pesar de que Martin vendía la carne barata y emplumaba las flechas como nadie, Bast enseguida advirtió que lo que más apreciaba la gente de aquel hombre de mirada torva era que iba muy poco por el pueblo y que sus visitas eran breves.

Así que no pudo evitar sonreír mientras contemplaba la choza. Le costaba imaginar qué clase de defensas podía inventar un loco como Martin para proteger sus valiosos secretos.

Pero, tras media hora de minuciosa inspección, no había encontrado nada. Ni alambres con los que tropezar que dejaran caer un montón de piedras donde el camino se estrechaba al pasar entre dos rocas. Ni anzuelos mojados en orina y colgados a la altura de la cara, ocultos entre las ramas. Ni cepos. Ni ballestas. Ni trampas ocultas en el suelo. Nada. Bast ni siquiera encontró una cuerda con cascabeles colgados, ni un agujero poco profundo tapado con hojas secas.

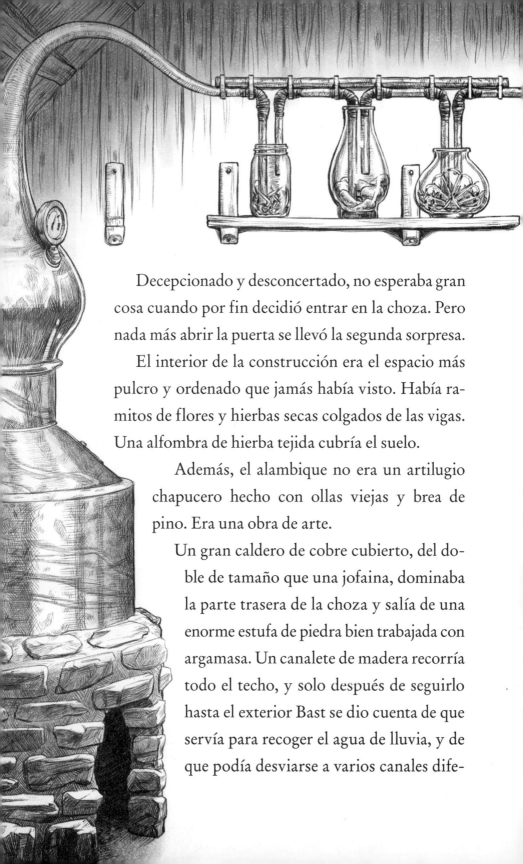

Decepcionado y desconcertado, no esperaba gran cosa cuando por fin decidió entrar en la choza. Pero nada más abrir la puerta se llevó la segunda sorpresa.

El interior de la construcción era el espacio más pulcro y ordenado que jamás había visto. Había ramitos de flores y hierbas secas colgados de las vigas. Una alfombra de hierba tejida cubría el suelo.

Además, el alambique no era un artilugio chapucero hecho con ollas viejas y brea de pino. Era una obra de arte.

Un gran caldero de cobre cubierto, del doble de tamaño que una jofaina, dominaba la parte trasera de la choza y salía de una enorme estufa de piedra bien trabajada con argamasa. Un canalete de madera recorría todo el techo, y solo después de seguirlo hasta el exterior Bast se dio cuenta de que servía para recoger el agua de lluvia, y de que podía desviarse a varios canales dife-

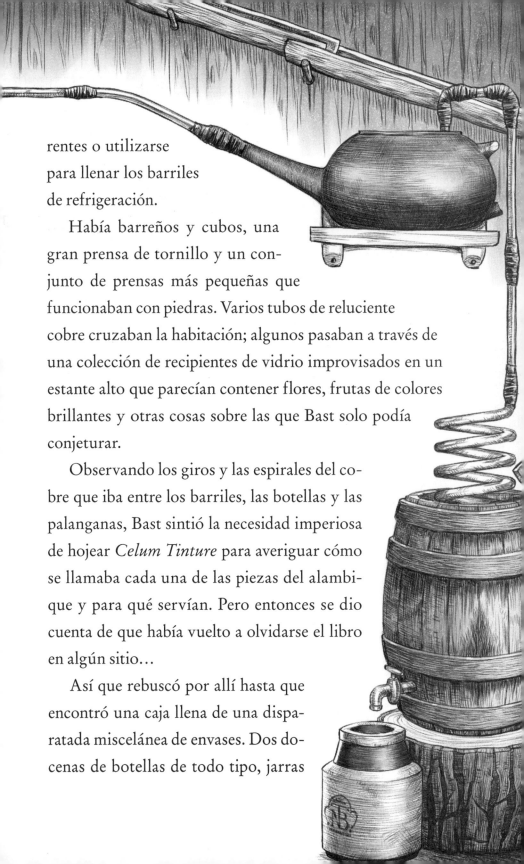

rentes o utilizarse
para llenar los barriles
de refrigeración.

Había barreños y cubos, una
gran prensa de tornillo y un con-
junto de prensas más pequeñas que
funcionaban con piedras. Varios tubos de reluciente
cobre cruzaban la habitación; algunos pasaban a través de
una colección de recipientes de vidrio improvisados en un
estante alto que parecían contener flores, frutas de colores
brillantes y otras cosas sobre las que Bast solo podía
conjeturar.

Observando los giros y las espirales del cobre que iba entre los barriles, las botellas y las
palanganas, Bast sintió la necesidad imperiosa
de hojear *Celum Tinture* para averiguar cómo
se llamaba cada una de las piezas del alambique y para qué servían. Pero entonces se dio
cuenta de que había vuelto a olvidarse el libro
en algún sitio…

Así que rebuscó por allí hasta que
encontró una caja llena de una dispa-
ratada miscelánea de envases. Dos docenas de botellas de todo tipo, jarras

de cerámica, tarros de conservas viejos… Una docena de aquellos recipientes estaban llenos. Ninguno estaba etiquetado.

Cogió una botella alta de cristal que en su día, supuso, había contenido vino. Le quitó el tapón de corcho, olfateó el interior y, con cuidado, tomó un sorbo. Su rostro se iluminó de placer. Pese a que la choza le recordaba al taller de su maestro, a Bast no le habría extrañado que aquel brebaje supiera a carbón y a trementina.

Pero aquello era… Bueno, no estaba del todo seguro… Tomó otro sorbo. Sabía un poco a manzana. ¿Llevaba especias? Olía ligeramente a cínaro y a violetas y… ¿a miel?

Dio un tercer sorbo y sonrió. Podías llamarlo como quisieras, pero estaba delicioso. Era liso, fuerte, un poco dulce. Levantó la botella y brindó por el ausente dueño del alambique. Martin estaba como un cencerro, pero era evidente que sabía destilar licores.

•••◦◉◦•••

Bast tardó más de una hora en llegar al árbol del rayo. Allí estaba *Celum Tinture*: había resbalado de una piedra lisa y había caído en la hierba, aparentemente indemne. Por primera vez que él recordara, se alegró de ver el libro. Lo abrió por el capítulo de la destilación y leyó durante media hora, asintiendo con la cabeza en determinados momentos y volviendo atrás para examinar diagramas e ilustraciones. Resultó que aquella cosa se llamaba serpentín de condensado. Le había parecido importante. Y caro, porque estaba hecho todo de cobre.

Al final cerró el libro y suspiró. Estaban llegando nubes, así que no le convenía dejar el libro por allí. Su suerte no iba a durar eternamente, y se estremeció al pensar en lo que podía pasar si el viento tiraba el libro al suelo y le arrancaba alguna página. O si caía un chaparrón…

Así que regresó a la posada Roca de Guía y entró por la puerta de atrás. Pisando con cuidado, se dirigió a la taberna, abrió un armarito y metió el libro dentro. Se marchó en silencio, y estaba llegando a la escalera cuando oyó pasos a sus espaldas.

—Ah, Bast —dijo el posadero despreocupadamente—. ¿Has traído las zanahorias?

Bast, sorprendido in fraganti, se quedó inmóvil. Luego se enderezó y, cohibido, se sacudió la ropa.

—Pues… no, todavía no, Reshi.

El posadero dio un hondo suspiro.

—Mira, no te pido… —Se interrumpió y olfateó el aire; entonces miró a Bast entornando los ojos—. ¿Estás borracho?

Bast se mostró ofendido.

—¡Reshi!

El posadero puso los ojos en blanco.

—De acuerdo. ¿Has estado bebiendo?

—He estado investigando —respondió Bast, enfatizando la palabra—. ¿Sabías que Martin el Chiflado tiene un alambique?

—Algo había oído —dijo el posadero como dando a entender que esa información no le parecía especialmente interesante—. Y Martin no está chiflado. Solo tiene un puñado de compulsiones emocionales desafortunadamente intensas. Y una pizca de locura del tabardo de cuando era soldado, si no me equivoco.

—Sí, lo sé... —repuso Bast despacio—. Porque un día me echó el perro y, cuando trepé a un árbol para refugiarme, intentó cortar el árbol. Y le prendió fuego. Y luego fue a buscar su arco. Pero además, aparte de todo eso, está loco, Reshi. Completamente loco.

—¡Bast! —dijo el posadero con reproche, y lo reprendió con la mirada.

—No estoy diciendo que sea mala persona, Reshi. Ni siquiera digo que me caiga mal. Pero créeme, porque sé lo que digo. Su cabeza no funciona como la de las personas normales.

El posadero asintió, paciente aunque un tanto exasperado.

—Tomo nota.

Bast fue a decir algo, pero entonces puso cara de desconcierto.

—¿De qué estábamos hablando?

—Del avanzado estado de tu investigación —respondió el posadero, mirando por la ventana—. A pesar de que apenas ha pasado el mediodía.

—Estamos en el solsticio de verano, Reshi —dijo Bast con tono lastimero, como si eso lo explicara todo.

El posadero se limitó a mirarlo y pestañear, pero sin mudar la expresión.

Bast alzó la vista al techo.

—Ya sabes que en el solsticio de verano amanece muy pronto, ¿no, Reshi? Hoy el día es el doble de largo que algunos días de invierno. —La mirada de indiferencia del posadero fue erosionando su seguridad, pero aun así Bast continuó—: Lo que quiero decir es que, si ahora mismo fuese invierno, Reshi... Es decir, si hoy estuviésemos en invierno, ahora ya sería prácticamente de noche. —Vaciló un momento—. Con lo temprano que me he levantado, quiero decir.

El posadero permaneció callado un largo momento. Entonces inspiró hondo y siguió hablando con tono moderado:

—Ese impresionante silogismo lógico es la mejor prueba que podrías darme de tu sobriedad, Bast. Sin embargo...

—Ah, ¡sí! —saltó Bast emocionado—. Sé que Martin tiene cuenta en la taberna, y sé que te cuesta saldar su deuda porque nunca tiene dinero.

—Él no usa dinero —lo corrigió el posadero.

—No importa, Reshi. —Bast suspiró—. El caso es que nos sobran los sacos de cebada. La despensa está llena de cebada. Pero como él tiene un alambique...

El posadero ya estaba negando con la cabeza.

—No, Bast —dijo—. No pienso envenenar a mis clientes con su vinaza. No tenemos ni idea de con qué podría haberla hecho.

—Pero yo sí lo sé, Reshi. Con cetatos de etilo y meteno. Y lixiviatos de estaño. Pero no lleva nada de eso.

El posadero pestañeó.

—¿Has...? —Se interrumpió y se quedó mirándolo otra vez—. Bast, ¿has estado leyendo *Celum Tinture*? ¿De verdad?

—¡Ya lo creo, Reshi! ¡Para la mejora de mi educación! —Bast sonrió con orgullo—. Y mi deseo de no envenenar a tus clientes ni quedarme ciego. Tengo un buen sentido del gusto, y puedo afirmar con autoridad que lo que fabrica Martin está muy lejos de ser vinaza. Es un vino muy bueno. Casi comparable al Rhis, y eso no es algo que yo diría a la ligera.

El posadero se acarició el labio superior con aire pensativo.

—¿Dónde has conseguido probarlo? —preguntó.

—Me lo han dado a cambio de otra cosa —contestó Bast, bordeando hábilmente los límites de la verdad—. Así, no solo le daríamos a Martin una oportunidad de saldar su deuda, sino que además obtendríamos nuevas existencias. Sé que hoy en día es más difícil, con lo mal que están los caminos...

El posadero levantó ambas manos, rendido.

—Me has convencido, Bast.

Bast sonrió feliz.

—Sinceramente —continuó el posadero—, lo habría hecho aunque solo fuera para celebrar que, por una vez, te habías leído la lección. Pero será bueno para Martin. Así tendrá una excusa para pasar por aquí más a menudo. Y eso le hará bien.

La sonrisa de Bast se apagó un poco.

Tal vez el posadero lo notara, pero no lo comentó.

—Mandaré a un chico a casa de Martin y le pediré que venga con un par de botellas.

—Pídele una docena si las tiene —dijo Bast—. O más. Empieza a refrescar por las noches. Se acerca el invierno, y beber eso que él destila será como beber primavera sentados alrededor del fuego.

El posadero sonrió.

—Estoy seguro de que Martin se sentirá halagado por tu entusiasta recomendación.

Bast palideció, y su expresión mostró una profunda consternación.

—No, por lo que más quieras, Reshi —dijo, agitando

ambas manos frenéticamente—. No le digas que te he dicho nada. No le digas siquiera que tengo intención de probar ese vino. Martin me odia.

El posadero ocultó la sonrisa detrás de una mano.

—No tiene gracia, Reshi —exclamó Bast enojado—. ¡Me tira piedras!

—Lleva meses sin hacer eso —le recordó el posadero—. Las últimas veces que ha venido a visitarnos, Martin ha sido muy cordial contigo.

—Porque dentro de la posada no hay piedras —dijo Bast.

—Sé sincero, Bast —lo reprendió el posadero—. Desde hace casi medio año se comporta civilizadamente. Hasta es educado. ¿No te acuerdas de que hace dos meses te pidió perdón? ¿Has oído que alguna vez Martin le haya pedido disculpas a alguien del pueblo?

—No —admitió Bast enfurruñado.

El posadero asintió.

—¿Lo ves? Eso es un gran gesto por su parte.

—Estoy seguro de que está empezando a comportarse mejor —masculló Bast—, pero, si lo encuentro aquí cuando vuelva a casa, cenaré en el tejado.

⋯⋯•◉•⋯⋯

Bast estaba inquieto cuando se tumbó en la hierba junto al árbol del rayo. Cambió de postura, se levantó y fue a beber agua del riachuelo que discurría alrededor del pie de la colina. Subió otra vez a la cima y rodeó el árbol alto, blanco y roto. Hacia un lado y hacia el otro, enrollando y desenrollando.

Se sentó otra vez, incómodo, como un gato al que han acariciado a contrapelo. Buscó en su interior y encontró lo que sabía que podía ser cierto. Las únicas deudas que lo ataban eran viejas y conocidas. La mayoría, poco más que cicatrices. Algunas semejaban las heridas de los soldados veteranos. Un hombro que se le entumecía con el frío. Una rodilla que le dolía cuando iba a llover.

Pero nada nuevo. Era irritante, porque Bast estaba satisfecho de lo bien que había sorteado los inesperados peligros del día. Entonces ¿por qué estaba más enfadado que nunca consigo mismo? Arrugado, replegado y arrastrado.

Al final extrajo el saquito. Se serenó, cerró los ojos y sacó un puñado de embriles que lanzó al aire con un movimiento frívolo y fluido.

Los oyó golpear el suelo como el granizo y abrió los ojos para estudiarlos: una medialuna de cuerno blanco y un óvalo de madera oscura que, al caer, había tapado parcialmente al caramillero danzarín pintado en un azulejo blanco esmaltado. Una vela grabada en una piedra alargada, un disco de arcilla, la piedra verde y plana que le había cambiado el hijo del panadero. También estaba el deslumbrante trozo de latón brillante como el sol, y, de nuevo, el que se parecía mucho a una vieja moneda de hierro.

No tardó en oír a Kostrel, que subía por la ladera de la colina con sus botas demasiado grandes. El niño se detuvo a su lado, se cruzó de brazos e intentó parecer enfadado, pero no se le daba nada bien. Sus facciones eran demasiado amables; intentaba fruncir el ceño y poner mala cara, pero su pecoso rostro apenas lograba arrugar un poco la frente.

Sin molestarse siquiera en mirarlo, Bast le tendió un librito encuadernado en piel verde oscura. Cuando el niño estiró los brazos y lo atrapó con las dos manos, Bast sintió que el finísimo hilillo de una deuda se soltaba en su interior.

Kostrel abrió el libro y lo hojeó un poco.

—Parece de hierbas o algo así, ¿no?

Bast se encogió de hombros y siguió mirando fijamente, pensativo, los embriles esparcidos por el suelo.

Kostrel dejó de fingir irritación y su semblante volvió a mostrar su curiosidad natural.

—Bueno… —dijo en tono desenfadado—. ¿Has conseguido ver a Emberlee?

Eso distrajo a Bast de sus piedras.

—Sí —dijo, escudriñando el rostro de Kostrel, donde, de nuevo, detectó algo que no acababa de encajar. No era miedo, ni siquiera intranquilidad. Ambas cosas eran demasiado obvias, y se habrían visto enseguida, como una mancha en un puño de su camisa. Aquello se parecía más a un grano de arena en el cuello de la camisa.

Kostrel lo vio mirarlo de hito en hito y desvió la mirada.

Entonces Bast lo entendió. Abrió la boca en un gesto de sorpresa y admiración.

—No lo descubriste —exclamó—. ¡Te lo dijo ella!

—¿Qué? ¿Quién? —El semblante de Kostrel transmitía desconcierto e inocencia, y, aunque hizo un buen papel, fue una equivocación. Bast llevaba jugando a aquel juego desde mucho antes de que naciera Kostrel.

Hay que reconocer que, en cuanto supo que lo habían descubierto, el niño dejó de fingir.

—¡Bueno, pero te lo dije! —Le brillaban los ojos de júbilo. Su expresión era mucho más inocente que cualquiera que hubiese intentado simular.

Bast negó con la cabeza y pestañeó, sinceramente sorprendido.

—Supiste vendérmelo muy bien —dijo—. Y espero que hayas sacado algún beneficio. ¿Qué te cobró Emberlee por revelarte el sitio donde se baña?

Kostrel miró a Bast sin comprender.

—¿Por qué iba a comprárselo? —preguntó—. Ella quería que te lo dijese. Ahora me debe un favor.

En apenas dos minutos, Bast se había quedado dos veces sin habla.

Kostrel se rio de él.

—¡Anda ya! —dijo poniendo los ojos en blanco—. Os creéis todos muy astutos y discretos, pero no lo sois.

Bast estaba verdaderamente ofendido.

—Perdóname que te diga —replicó con dignidad— que, de hecho, soy bastante astuto. Y discreto también.

Kostrel suspiró un poco y se encogió de hombros como si cediera.

—No lo haces nada mal —dijo—. Y Emberlee también sabe jugar. Pero Kholi no tiene ni pizca de vergüenza. Y Dax... —Kostrel hizo una pausa, como si reconsiderase sus palabras—. Dax tiene muchas cualidades que lo convierten en la persona ideal para pasarse todo el día sentado vigilando las ovejas.

—Tiene otras cualidades aparte de esa —dijo Bast, y sonrió de oreja a oreja.

Kostrel volvió a poner los ojos en blanco.

—Ya lo sé. Porque Kholi se lo cuenta a todo el mundo. Pero Dax también se pone rojo como una nalga abofeteada cuando alguien se burla de él. —El niño sacudió la cabeza—. En serio, todos entrando y saliendo de los pajares como conejos y escondiéndoos en los arbustos... Lo sabe todo el mundo. Lo sabe cualquiera que tenga un ojo y medio cerebro en la cabeza.

Bast parpadeó, y luego ladeó la cabeza con curiosidad.

—¿Qué favor le pediste a Emberlee?

—Un caballero nunca revela sus secretos —dijo Kostrel con airosa dignidad; entonces compuso la sonrisa más inocente y pícara que Bast había visto jamás.

•••◐◑◑•••

Sabiendo que no debía enfrentarse a Kostrel cuando estaba aunque solo fuese ligeramente alterado, Bast fue a beber al riachuelo y se echó un poco de agua en la cara.

Mientras se serenaba, le sorprendió darse cuenta de que no le importaba perder una partida con Kostrel. De hecho, le producía un extraño placer. Hacía años que no lo engañaban por completo, y todos los juegos se vuelven aburridos si siempre ganas. Así que necesitaría bailar un poco más deprisa si quería mantener a raya a Kostrel. Y también a Emberlee, por lo visto.

Cuando Bast volvió a la cima de la colina, Kostrel estaba observando los embriles esparcidos por el suelo.

—Mi abuelo tiene un telgimario —dijo el niño—. Antes lanzaba piedras para saber cuándo era el mejor momento para plantar. Mi abuela se ponía enferma. —Se inclinó hacia delante para examinar las piezas—. ¿Qué les preguntas?

—Nada —dijo Bast, y se sentó otra vez. Pero allí, junto al árbol, aquella media mentira le produjo escozor—. Solo hay una pregunta que a todos nos interesa de verdad —rectificó—. ¿Y ahora qué?

El niño asintió y miró hacia abajo.

—¿Has averiguado algo?

Bast giró la cabeza y vio a Kostrel observando los embriles con tanta fiereza que resultaba casi cómico. Una sonrisa empezó a asomar a su cara.

—¿Tú cómo los leerías?

Kostrel se tumbó en el suelo como hacen los críos, como si no tuviese huesos.

—No sé cómo se llama cada uno —admitió—. Mi abuelo solo me enseñó un poco, y casi siempre cuando había echado unos tragos y quería hacer rabiar a mi abuela.

—Los nombres están muy bien —dijo Bast, encogiendo un hombro—. Pero, si sabes cómo se llama una cosa, es difícil seguir preguntándose qué es. —Señaló—. Los embriles no son como nombres que clavan las cosas en una hoja. Su verdadera función es retorcerse y cambiar. Nos recuerdan que el mundo es vasto y profundo. Nos enseñan la diferencia entre capturar y retener.

Kostrel sonrió.

—Me recuerdas a mi abuelo. Dice que leerlos ayuda a que la mente no se quede rígida como el cuero viejo y sin engrasar. —Se inclinó hacia delante—. Dime cómo los leerías tú.

Bast lanzó un suspiro a medio camino entre la frustración y el agotamiento.

—Tenemos la luna. —Tocó el creciente de luna de cuer-

no blanco. A continuación desplazó el dedo hacia la piedra verde con la cara de mujer—. También hay una mujer dormida. Y aquí está la vela apagada. De modo que es de noche, ¿no? ¿Una mujer que duerme por la noche? —Negó con la cabeza—. Eso es una caminata muy larga para muy poco camino.

»Aquí está el caramillero. —Bast señaló la figura con un tamborcillo atado a las caderas pintada en el azulejo blanco—. Tiene superpuesto el ojo cerrado. Entonces ¿él también duerme? —Golpeó con los dedos la lágrima de la pieza de penitencia—. La torre en llamas significa ruina y destrucción…, pero tiene forma de lágrima, así que… ¿agua? ¿Lluvia tal vez?

»Luego tenemos la vela y el arco de piedra —continuó—. Si estuviesen cerca uno de otro, podría significar un viaje. Si la mujer está dormida, podría ser un sueño…

Kostrel señaló el trozo de metal mellado que parecía una moneda de hierro y dijo:

—¿Y ese, el de la corona?

Bast se encogió de hombros, pero con menos soltura que antes. Es posible que sus labios también se tensaran un poco. Iba a descartar esa pregunta, pero al fijarse en los ojos del niño recordó que, con Kostrel, el silencio era la peor opción. Si Bast no le daba algo, el niño se quedaría atascado en eso, como un trozo de cartílago que se encaja entre los dientes.

—La corona de hierro representa autoridad o gobierno

—dijo Bast tratando de sonar aburrido—. Pero, si está dañada, yo lo interpretaría como dominación. —Hizo una pausa; entonces decidió que sería mejor confesar—. Sola representa al Rey Vencido. Majestad y poder, pero echados a perder. Irremplazables.

—¿Irremplazables? —preguntó Kostrel intrigado.

Bast parpadeó y negó con la cabeza, verdaderamente irritado.

—No —rectificó—. Quería decir irreparables. —Se apresuró a continuar, haciendo un ademán que abarcaba todas las piezas esparcidas por el suelo—. Es un lío. Algunas partes encajan, pero... —Levantó las manos por encima de la cabeza y las dejó caer, exasperado—. En realidad no significa nada.

—Así no es como lo habría leído yo... —dijo Kostrel tímidamente.

Bast hizo un gesto de invitación y dijo:

—Por favor.

Kostrel tocó suavemente la piedra verde con la yema de un dedo.

—Esto es un ágata musgosa. El musgo es suave y delicado, pero el ágata es una piedra muy dura. —Deslizó la corona rota sobre la cara grabada en la piedra verde—. Es una reina.

Se acercó más para que sus cortos brazos alcanzaran los embriles.

—Tampoco creo que esté durmiendo. —Acercó más la moneda de latón—. Esto no es lluvia. Es una lágrima. La reina es dulce pero dura. Poderosa y triste. Su torre se ha roto. —Hizo un gesto amplio con la mano—. Es la Reina Llorante.

Señaló el trozo de cuerno donde estaba dibujado el creciente de luna.

—No sé qué significa eso. A lo mejor ni siquiera es una luna. A lo mejor es un cuenco. O unos cuernos. Como es tan fino, a lo mejor significa que algo está a punto de terminar. Como cuando la luna ya casi ha desaparecido.

El tono de Kostrel fue volviéndose más confiado.

—El caramillero tampoco está dormido. —Tocó el disco de arcilla—. La lámpara es suya. Una lámpara es lo que utilizas para encontrar el camino, o para leer por la noche. ¿Apagada? Eso significa que el caramillero está a oscuras. Eso significa que está perdido, o que ignora algo.

El niño volvió a tocar el caramillero.

—¿El ojo cerrado? Es ciego. Se supone que tiene que tocar para la gente, hacerla bailar al son que toca. Pero es él quien baila. —Kostrel estaba lo suficientemente absorto como para reírse de aquello—. ¡Está bailando pero está tan ciego que ni siquiera lo sabe!

Señaló antes de continuar:

—La vela tampoco está encendida. ¿Será que... es tres veces ciego? ¿O... potencial desperdiciado? ¿Un fuego que espera? —Kostrel guardó silencio mientras se daba golpecitos en los labios con la yema de los dedos.

Ahora Bast miraba los embriles con más atención.

—¿Y el arco? —preguntó con un tono un tanto extraño. Kostrel no pareció notarlo.

—Eso no lo sé. Está inclinado, de modo que… ¿quizá se suponga que es un agujero por donde podría caerse el caramillero? —El niño caviló unos instantes; luego se encogió de hombros y se frotó la nariz—. Mi abuelo decía que no debías esforzarte demasiado para que encajaran todas las piezas. Cuando hacía una lectura más extensa, decía que siempre había una tirada que tenías que ignorar. Una parte importante de una buena lectura consistía en averiguar cuál.

De pronto Bast sonrió, estiró un brazo y le alborotó el pelo a Kostrel. Entonces, sin ningún preámbulo, recogió los embriles y bajó la ladera a toda prisa, como si bailara, y se marchó muy lejos.

•••◦●◦•••

Bast llevaba un cuarto de milla trotando a buen paso cuando, de pronto, oyó que Rike lo llamaba. Sorprendido, se detuvo y se quedó mirando al chico, que había salido de entre los árboles y subía por el estrecho sendero.

—¡Ya la tengo! —dijo Rike triunfante. Jadeando, levantó una mano. Estaba empapado de cintura para abajo.

—¿Cómo? ¿Ya? —se asombró Bast.

El chico asintió y blandió la piedra oscura sujetándola con dos dedos. Era plana, lisa, redonda y algo más pequeña que la tapa de un tarro de mermelada.

—¿Y ahora qué?

Bast se acarició un momento la barbilla, como si tratara de recordar.

—Pues… ahora necesitamos una aguja. Pero tienes que pedirla prestada en una casa donde no vivan hombres.

Rike reflexionó un momento, y entonces sonrió.

—¡Puedo pedirle una a la tía Sellie!

Bast controló su impulso de maldecir. Se le había olvidado que el hijo mayor de Sellie había declarado que ya no quería que lo llamaran Mikka. Ahora se llamaba Grett, y había empezado a beber té de jarzán.

—Bueno, que haya dos mujeres en la casa no está mal… —dijo Bast con cierto desdén—. Si te conformas con eso. Pero el amuleto será más poderoso si la aguja proviene de una casa donde viven muchas mujeres. Cuantas más, mejor.

Rike miró hacia arriba pensativo, rebuscando en su memoria.

—La viuda Creel tiene dos hijas…

—Pero ahora también vive Dob en la casa —le recordó Bast—. Una casa donde no vivan hombres ni niños.

—Pero donde vivan muchas niñas… —Rike seguía allí

plantado, goteando, repasando mentalmente sus opciones. Al final sonrió—. ¡La vieja Nan! —dijo—. No le caigo nada bien, pero supongo que me daría un alfiler.

—Una aguja —puntualizó Bast—. Y tienes que pedirla prestada. —Bast vio que el niño entornaba los ojos y se apresuró a añadir—: Tiene que prestártela ella. Si la robas, o si intentas comprársela, no servirá para el amuleto. —Arqueó una ceja—. Además, espero que no haga falta que te diga que no puedes revelarle para qué necesitas realmente la aguja.

—No puedo revelarle lo que no sé —protestó Rike, pero en voz muy baja.

Bast suponía que el chico empezaría a interrogarlo sobre el proceso de creación del amuleto del que, hasta el momento, todavía no le había dado muchos detalles. O que protestaría porque la vieja Nan vivía en el lado opuesto del pueblo, tan hacia el sudoeste como podías ir sin considerar que habías salido de Newarre. El chico tardaría media hora en llegar allí, y cabía la posibilidad de que la vieja Nan hubiese salido de su casa.

Pero Rike ni siquiera suspiró. Hizo un gesto de afirmación, muy serio, se dio la vuelta y echó a correr, descalzo, hacia el extremo sur del camino real.

Bast asintió con la cabeza y continuó hacia donde se dirigía, a las afueras del norte del pueblo…

SALIDA DE LA LUNA: DULZURA

Convencido de que Rike estaría ocupado por lo menos una hora, Bast se tomó su tiempo. Saltó una valla para acortar por los campos de los Forsen. Trepó a un árbol y encontró una piña que le gustó. Ignoró a un gato. Persiguió a una ardilla. Encontró un pozo viejo tapado con una docena de tablones podridos.

La granja de los Williams no era una granja en el sentido estricto de la palabra, o al menos llevaba mucho tiempo sin serlo. Hacía tanto que no se cultivaban los campos que costaba trabajo ver indicios de que alguna vez los hubiesen arado, pues estaban cubiertos de zarzas y salpicados de arbolillos. El alto granero se encontraba en muy mal estado:

se había desmoronado medio tejado y un gran agujero oscuro se abría contra el cielo azul claro.

Bast siguió avanzando por el largo camino, a través de los campos, hasta que tomó una curva y vio la casa de Rike. La casa no tenía nada que ver con el granero. Era pequeña, pero estaba cuidada. Había que arreglar las tejas, pero por lo demás parecía bien mantenida. Unas cortinas amarillas salían ondeando por la ventana de la cocina, y la jardinera estaba repleta de violinillos de zorro y caléndulas.

Junto a un lado de la casa había un corral con un trío de cabras. Al otro lado había un gran jardín. La valla no era mucho más que unos palos amarrados con cuerdas, pero dentro Bast distinguió unas hileras de hortalizas. Zanahorias. Todavía no había conseguido las zanahorias.

Estiró un poco el cuello y vio unos extraños bultos detrás de la casa. Dio unos pasos más hacia ese lado y los observó, y entonces se dio cuenta de que eran colmenas.

De pronto se oyeron unos fuertes ladridos, y dos grandes perros negros de orejas caídas salieron de la casa y corrieron hacia Bast. Cuando estuvieron lo bastante cerca, Bast se arrodilló y se revolcó con ellos, rascándoles detrás de las orejas y el cuello. Al cabo de unos minutos, siguió andando hacia la casa; los perros iban y venían delante de él, hasta que divisaron algún animal y echaron a correr hacia la maleza. Llamó educadamente a la puerta, pero, después de tantos ladridos, su presencia difícilmente iba a sorprender a nadie.

La puerta se abrió un par de pulgadas y, al principio, Bast solo vio una fina rendija de oscuridad. Entonces la puerta se abrió un poco más y dejó ver a la madre de Rike. Era alta, y unos mechones de pelo castaño y rizado se habían soltado de la trenza que descendía por su espalda.

La mujer abrió la puerta del todo; llevaba a un bebé diminuto y semidesnudo en el pliegue del codo. El crío tenía la redonda cara apretada contra un pecho de la madre, y succionaba con energía, emitiendo gruñiditos.

Bast miró hacia abajo y sonrió feliz al bebé. La mujer siguió la dirección de su mirada y también se quedó observando con cariño cómo mamaba su hijo. Luego levantó la cabeza y obsequió a Bast con una cálida sonrisa.

—Hola, Bast. ¿En qué puedo ayudarte?

—Ah, bueno —dijo él—. Me estaba preguntando, señora... Es decir, señora Williams...

—Puedes llamarme Nettie, Bast —dijo ella indulgente. Con la notable excepción de Martin el Chiflado, la mayoría de los vecinos del pueblo le tenían simpatía a Bast, aunque casi todos lo consideraban un poco simple, una percepción que a él no le molestaba lo más mínimo.

—Nettie —dijo Bast, y compuso su sonrisa más zalamera.

Hubo una pausa, y ella se apoyó en el marco de la puerta. Una niñita asomó por detrás de la falda azul descolorida de su madre; solo se le vieron los ojos, oscuros y muy serios.

Bast le sonrió a la niña, que volvió a esconderse detrás de su madre.

Nettie miró a Bast intrigada, y al final dijo:

—¿Te estabas preguntando…?

—Ah, sí. Me estaba preguntando si por casualidad su marido estaba en casa.

—No, lo siento —respondió ella—. Jessom ha ido a revisar sus trampas.

—Ah —dijo Bast con pesar—. ¿Sabe si volverá pronto? No me importa esperar.

Ella negó con la cabeza.

—Lo siento. Lo más probable es que recoja las capturas y se pase toda la noche despellejándolas y secando las pieles en su cabaña. —Señaló vagamente con la barbilla hacia los montes del norte.

—Ah —volvió a decir Bast.

Cómodamente acurrucado en el brazo de su madre, el bebé inspiró hondo y dio un suspiro de felicidad; luego se quedó callado y fláccido. Nettie miró hacia abajo, miró a Bast y se llevó un dedo a los labios.

Bast asintió y se apartó del umbral; Nettie entró en la casa, se desenganchó al bebé del pezón con mano experta y, con mucho cuidado para no despertarlo, lo acurrucó en una cunita de madera que estaba en el suelo. La niña de ojos oscuros salió de detrás de su madre y fue a contemplar al bebé con las manos entrelazadas detrás de la espalda.

—Avísame si empieza a llorar —dijo Nettie en voz baja. La niña asintió con seriedad, se sentó en una silla junto a la cuna y empezó a mecerla suavemente con un pie.

Nettie salió afuera y cerró la puerta de la casa. Recorrió la distancia que la separaba de Bast y por el camino fue atándose el corpiño con desenvoltura. Bajo la luz del sol, Bast apreció sus marcados pómulos y sus carnosos labios. Aun así, la mujer parecía sobre todo cansada, y en sus oscuros ojos se adivinaba preocupación.

Nettie llegó junto a Bast y se cruzó de brazos.

—Cuéntame, ¿qué problema hay? —preguntó cansinamente.

Bast se mostró desconcertado.

—No hay ningún problema —dijo—. Solo me preguntaba si su marido tendría trabajo para mí.

Nettie descruzó los brazos, sorprendida.

—Ah...

—En la posada no tengo gran cosa que hacer —explicó Bast un poco avergonzado—. He pensado que a lo mejor su marido necesitaba ayuda.

Nettie miró alrededor y se fijó brevemente en el viejo granero. Las comisuras de su boca se inclinaron hacia abajo.

—Últimamente se dedica a cazar y a poner trampas —dijo—. Eso le da trabajo, pero imagino que no tanto como para necesitar ayuda. —Miró a Bast—. O al menos nunca ha mencionado que le interesara pedirla.

—¿Y usted? —preguntó Bast, y sus labios dibujaron su sonrisa más amable—. ¿Hay algo por aquí para lo que pudiese necesitar ayuda?

Nettie le sonrió. Solo fue una sonrisa fugaz, pero borró diez años y una tonelada de preocupación de su rostro, haciéndolo brillar.

—No hay gran cosa que hacer —se disculpó—. Solo tenemos tres cabras, y mi hijo se ocupa de ellas.

—¿Y la leña? —preguntó Bast—. No le tengo miedo al trabajo duro. Y para usted tiene que ser difícil encargarse de todo, si su marido se ausenta varios días seguidos. —Sonrió con optimismo.

—Es que me temo que no tenemos dinero para pagar a un empleado —contestó Nettie.

—Yo necesito zanahorias —dijo Bast alegremente.

Nettie se quedó mirándolo un momento, y luego se echó a reír.

—Zanahorias —repitió, frotándose la cara—. ¿Cuántas zanahorias?

—Unas… ¿seis? —Bast no estaba nada seguro de su respuesta—. ¿Usted cree que seis es una buena cantidad de zanahorias?

Ella volvió a reír y sacudió un poco la cabeza.

—De acuerdo. Puedes cortar un poco de leña. —Señaló el tocón de cortar, que estaba detrás de la casa—. Vendré a avisarte cuando hayas cortado leña por valor de seis zanahorias.

Bast se puso a trabajar con empeño, y al poco rato el patio se llenó del sonido seco y vigorizante de la madera al partirse. El sol todavía brillaba en el cielo, y al cabo de unos minutos Bast estaba cubierto de sudor. Sin pensárselo dos veces, se quitó la camisa y la colgó en la valla del jardín.

Dejando a un lado el hecho de que la mayoría de los habitantes del pueblo se habrían sorprendido de verlo haciendo cualquier tipo de trabajo, no había nada particularmente curioso en la forma en que Bast realizaba la tarea. Cortaba leña como lo habría hecho cualquiera: colocaba un tronco en posición vertical sobre el tocón, levantaba el hacha y la hacía caer con fuerza. No era una experiencia que se prestara a la improvisación.

Sin embargo, había algo en su forma de trabajar que llamaba la atención. Cuando ponía el tronco en posición vertical parecía muy concentrado. Entonces se quedaba un momento quieto, completamente inmóvil. Luego alzaba el hacha con un movimiento fluido. Su forma de plantar los pies, la flexión de los largos músculos de sus brazos…

No había nada exagerado. Nada ostentoso. Aun así, cuando levantaba el hacha y dibujaba con ella un arco perfecto, lo hacía con elegancia. El fuerte chasquido de la madera al partirse, la rapidez con que las dos mitades caían al suelo: conseguía que todo pareciese... exquisito.

Trabajó media hora sin parar, hasta que Nettie salió de la casa con un vaso de agua y un manojo de gruesas zanahorias que todavía tenían las hojas enganchadas.

—Estoy segura de que ya has trabajado como mínimo por valor de media docena de zanahorias —dijo sonriéndole.

Bast cogió el vaso de agua y se bebió la mitad; entonces se inclinó hacia delante y se echó el resto del agua por la cabeza y la nuca. Se sacudió un poco y se incorporó; el pelo, oscuro y rizado, se le adhería a la cara.

—¿Está segura de que no puedo ayudarla en nada más? —preguntó, y volvió a sonreír. Sus ojos eran oscuros y risueños y más azules que el cielo.

Nettie negó con la cabeza. Miró hacia abajo y unos rizos sueltos de pelo oscuro le taparon parcialmente la cara.

—No se me ocurre nada —dijo.

—También se me da muy bien la miel —dijo Bast. Levantó el hacha y se la apoyó en un hombro desnudo.

Ella se quedó un poco perpleja, hasta que Bast señaló con la cabeza las colmenas desparejadas que estaban esparcidas por el campo cubierto de maleza.

—Ah —dijo Nettie como si recordara un sueño medio olvidado—. Antes hacía velas y miel. Pero perdimos unas cuantas colmenas hace tres años, cuando hizo aquel invierno tan crudo. Y luego otra por culpa de los parásitos.

Luego vino una primavera lluviosa y se nos estropearon tres más. —Se encogió de hombros—. A principios de este verano les vendimos una a los Hestle para tener dinero con que pagar el impuesto…

Volvió a sacudir la cabeza, como si hubiese estado soñando despierta. Se encogió de hombros y giró la cabeza para mirar a Bast.

—¿Entiendes de abejas?

—Bastante —dijo él en voz baja—. No son difíciles de manejar. Solo piden paciencia y cariño. —Blandió el hacha con desenvoltura y la clavó en un tronco cercano—. En realidad son como todo lo demás. Solo quieren saber que están a salvo.

Nettie contemplaba el campo y asentía distraída mientras Bast hablaba.

—Solo quedan esas dos —dijo—. Lo justo para hacer unas cuantas velas y llenar unos tarros de miel. No es gran cosa. La verdad es que no vale la pena.

—No diga eso —dijo Bast con delicadeza—. A veces, lo único que tenemos es un poco de dulzura. Siempre vale la pena. Aunque cueste un poco de trabajo.

Nettie se dio la vuelta y lo miró, esta vez a los ojos. No dijo nada, pero tampoco desvió la mirada. Sus ojos eran como una puerta abierta.

Bast sonrió, gentil y paciente; le tendió una mano y dijo con voz cálida y dulce:

—Ven conmigo. Quiero enseñarte una cosa.

ATARDECER: ADIVINANZAS

El sol del solsticio de verano avanzaba lentamente hacia el horizonte, pero todavía estaba alto en el cielo cuando Bast regresó al claro. Cojeaba un poco y tenía tierra en el pelo, pero parecía de buen humor.

Al pie de la colina había dos niños sentados en el itinolito y balanceando los pies como si se tratase de un gran banco de piedra. Bast ni siquiera tuvo tiempo de sentarse antes de que los niños subiesen juntos la colina.

Era Wilk, un niño de diez años, serio y con pelo rubio y desgreñado. Detrás de él iba su hermanita Pem, de cinco años y, a diferencia de Wilk, muy dicharachera.

El niño saludó a Bast con la cabeza cuando llegó a la cima de la colina, y luego miró hacia abajo.

—¿Estás bien?

Bast bajó la mirada y se sorprendió al ver que tenía varios arañazos sangrantes en una mano. Sacó su pañuelo y se limpió los nudillos con la elegancia con que una duquesa limpiaría las migas de la mesa después de la cena.

—¿Cómo te has hecho eso? —le preguntó la pequeña Pem.

—Me han atacado cuatro osos —mintió Bast sin ningún reparo.

El niño asintió plácidamente, sin dar ninguna muestra de si se creía o no lo que acababa de oír.

—Necesito una adivinanza para dejar muda a Tessa —dijo el niño—. Una muy buena.

—Hueles como el abuelo —canturreó Pem cuando llegó junto a su hermano.

Wilk no le hizo caso. Bast tampoco.

—De acuerdo —dijo Bast—. Necesito un favor, podemos hacer un trueque. Un favor a cambio de una adivinanza.

—Hueles como el abuelo cuando ha ido a tomarse la medicina —aclaró Pem alegremente.

—Pero tiene que ser muy buena —insistió Wilk—. Una que la deje turulata.

—Muéstrame una cosa que nunca antes se había visto y nunca más se verá —dijo Bast.

—Hum… —murmuró Wilk pensativo.

—Dice el abuelo que se encuentra mucho mejor cuando se toma la medicina —dijo Pem subiendo la voz, claramente molesta por estar siendo ignorada—. Pero mamá dice que no es una medicina. Dice que empina el codo. Y el abuelo dice que se encuentra mejor y que por lo tanto es medicina, maldita sea. —Miró alternativamente a Bast y a Wilk, como esperando que la regañaran.

Ninguno de los dos lo hizo, y la niña se quedó un poco cariacontecida.

—Me gusta, es buena —admitió Wilk por fin—. ¿Cuál es la respuesta?

Lentamente, Bast compuso una sonrisa.

—¿Qué me vas a dar a cambio?

Wilk ladeó la cabeza.

—Ya te lo he dicho. Un favor.

—Te he dado la adivinanza a cambio de un favor —dijo Bast con tranquilidad—. Pero ahora me pides la respuesta…

Wilk se quedó confuso un momento; luego se puso colorado y se enfadó. Inspiró hondo, como si fuese a gritar. Pero entonces se lo pensó mejor y echó a andar colina abajo pisando fuerte.

Su hermana lo vio marchar, y luego se dio la vuelta hacia Bast.

—Llevas la camisa rota —dijo con tono de desaprobación—. Y tienes los nudillos pelados y manchas de hierba en el pantalón. Tu madre te va a dar una paliza.

—No —dijo Bast con engreimiento—. Porque yo ya soy mayor y puedo hacer lo que quiera.

—No es verdad —dijo Pem.

—Claro que sí —replicó Bast—. Podría quemar mi pantalón y ni así tendría ningún problema.

La niña se quedó mirándolo muerta de envidia.

—Y todas las noches, para cenar, me como un pastel entero —añadió Bast.

Wilk volvió a subir la colina a grandes zancadas.

—Vale —dijo malhumorado.

—Primero, mi favor —dijo Bast. Le entregó al niño una botellita con un tapón de corcho—. Necesito que llenes esta botella de agua atrapada al vuelo.

—¿Qué? —dijo Wilk.

—Tiene que ser agua que caiga de forma natural —dijo Bast—. No puedes sacarla de un barril ni de un riachuelo. Tienes que atraparla cuando todavía está en el aire.

—El agua cae de la bomba cuando bombeas... —dijo Wilk, aunque su voz no reflejaba un gran optimismo.

—Agua que caiga de forma natural —repitió Bast, poniendo énfasis en la última palabra—. No sirve que alguien se suba a una silla y la eche de un cubo.

—¿Para qué la necesitas? —preguntó Pem con su aguda vocecilla.

—¿Y tú qué me vas a dar a cambio de la respuesta a esa pregunta? —replicó Bast.

La niña palideció y se tapó la boca con las dos manos.

—Podría tardar días en llover —observó Wilk.

Pem dejó caer las manos y dio un fuerte suspiro.

—No hace falta que sea lluvia —dijo con tono condescendiente—. Puedes ir a la cascada que hay en Littlecliff y llenar la botella allí.

Wilk parpadeó.

Bast miró a la niña y sonrió.

—Eres muy lista.

Ella puso los ojos en blanco.

—Todo el mundo me lo dice.

Bast se sacó una cosa del bolsillo y la sostuvo en alto. Era un trozo pegajoso de panal envuelto en una hoja verde de mazorca de maíz. Los ojos de la niña se iluminaron al verlo.

—También necesito veintiuna bellotas perfectas —dijo—. Sin agujeros, todas con su sombrerete intacto. Si me las recoges junto a la cascada, te daré esto.

La niña asintió entusiasmada. Entonces su hermano y ella bajaron a toda prisa de la colina.

••••••••••

Bast regresó a la poza junto al sauce y se dio otro baño. No era su hora habitual de bañarse, de modo que no había pájaros esperando. Por eso, y porque Emberlee no le había devuelto el jabón, esta vez se entretuvo mucho menos. Se limpió el sudor y la miel del cuerpo, y luego también restregó un poco su ropa para eliminar las manchas de hierba y el olor a lavanda y a cínaro. El agua, fría, hizo que le doliesen un poco los cortes de los nudillos, pero no eran importantes y no tardarían en curarse solos.

Desnudo y goteando, salió de la poza y encontró una roca oscura, caliente tras un largo día de sol. Extendió su ropa encima y dejó que se secara mientras él se sacudía el pelo y se quitaba el agua de los brazos y el pecho con las manos.

Entonces se tumbó también él sobre la roca, extendiéndose sobre la superficie suave y caliente como si fuese un gato. Le estaba saliendo un cardenal impresionante en un muslo, y otro cerca de las costillas. Pero eso tampoco parecía preocupar demasiado a Bast. Recogió los brazos bajo la cabeza para usarlos de almohada, cerró los ojos y se durmió, desnudo y despreocupado, con el rostro relajado bajo la luz menguante.

OCASO: MENTIRAS

Las sombras fueron extendiéndose hasta cubrir a Bast, que se estremeció momentos antes de despertar. Se incorporó, se frotó la cara y miró alrededor con ojos soñolientos. El sol empezaba a flirtear con las copas de los árboles hacia el oeste.

Tras ponerse la ropa ya seca, regresó al árbol del rayo. Wilk y Pem no habían vuelto, pero eso no lo sorprendió. Se comió el trozo de panal que le había prometido a Pem, y cuando hubo acabado se chupó los dedos. Luego masticó la cera distraídamente mientras observaba a un par de halcones que describían círculos perezosos en el cielo.

Al final oyó un silbido que provenía del bosquecillo. Se levantó y se desperezó, y su cuerpo se dobló como un arco.

Entonces corrió colina abajo, solo que…, bajo aquella luz menguante, no pareció que corriera.

Si hubiese sido un niño de diez años, habría parecido que saltaba. Pero él no era ningún niño. Si hubiese sido una cabra, habría parecido que brincaba. Pero no era ninguna cabra. Si un hombre hubiese descendido la colina tan deprisa, habría parecido que corría. Lo que hizo Bast no se parecía a ninguna de esas cosas, pero bajo la luz menguante era una extraña combinación de las tres.

Llegó al borde del claro y vio a Rike bajo los árboles, rodeado de la creciente oscuridad.

—Ya la tengo —dijo el niño triunfante. Levantó una mano, pero la aguja no se veía en aquella penumbra.

—¿La has pedido prestada? —preguntó Bast—. ¿Seguro que no la has cogido ni la has cambiado por otra cosa?

Rike asintió enérgicamente.

—Vale —dijo Bast—. Vamos a ver la piedra también.

Rike se metió una mano en el bolsillo y la sacó.

Bast no la tocó, pero la examinó con mucha parsimonia, asintiendo con seriedad. Hasta le pidió al niño que le diera la vuelta para poder examinar el otro lado mientras se frotaba la barbilla.

—Sí —dijo por fin, como si hubiese tomado una difícil decisión—. Sí. Muy bien. Esto servirá.

Rike, aliviado, soltó el aire e intentó ponerle la piedra en la mano a Bast.

Bast, el gran artista, retrocedió como si el niño hubiese intentado darle una brasa ardiente.

—Creía que... la querías —balbuceó Rike nervioso. Se había quedado pálido.

—No es para mí —aclaró Bast—. El amuleto solo funcionará para una persona. Por eso la piedra tenías que encontrarla tú. —Bast miró al cielo y calculó que todavía tenía tiempo para darse algún gusto antes de regresar a la posada. Estaba orgulloso de todo lo que había hecho ese día, pero la diferencia entre acabar y rematar... Bueno, eso era algo que solo sabían los artistas. ¿Qué sentido tenía hacer y envolver un regalo para luego olvidarse de ponerle el lazo?

Se inclinó hacia delante y bajó la voz.

—El amuleto es mucho más que las partes que lo componen —dijo—. La gente no sabe que, en realidad, no empieza a ser lo que es hasta que entiendes el corazón de tu corazón. —Le dio unos golpecitos en el pecho al chico con dos dedos.

»Un verdadero amuleto echa raíces en tu deseo —continuó Bast, oscilando entre la verdad y lo que la gente creía que era verdad. Asegurándose de que el chico se lo tragaría todo sin rechistar—. Cuando tú decidiste lo que querías: fue entonces cuando tu amuleto empezó a ser lo que será. Has ido a buscar las piezas como es debido. Ahora las atravesamos con una aguja para que no se desmonten.

Bast hizo un ademán, como si lanzara algo.

—Los amuletos que no se hacen así no son más que trucos estúpidos. —Asintió con la cabeza, satisfecho de sí mismo. Rike no era tan perspicaz como Kostrel, pero aun así tal vez se preguntara por qué el «pronto» que él había suplicado y por el que había pagado parecía haberse anticipado a la confección del amuleto.

El chico volvió a llevarse la mano al pecho y miró la piedra.

—¿Qué quieres decir con que solo le sirve a una persona?

¿En eso se había concentrado el chico? Bast hizo un esfuerzo para no suspirar. Mucho de lo que él forjaba allí se desperdiciaba.

—Los amuletos funcionan así —mintió Bast—. Solo le sirven a una persona a la vez. —Al ver que la confusión se reflejaba en la cara del chico, Bast suspiró—. ¿Sabes esos amuletos que hace la gente cuando quiere atraer a una persona?

Rike asintió con la cabeza y se sonrojó un poco.

—Esto es lo contrario —dijo Bast—. Es un amuleto para ahuyentar a una persona. Tienes que pincharte un dedo y poner una gota de tu sangre en él, y así queda sellado. Hace que las cosas desaparezcan.

Rike miró la piedra.

—¿Qué clase de cosas? —preguntó.

—Cualquier cosa que quiera hacerte daño —improvisó

Bast—. Puedes llevarlo en el bolsillo, o coger un trozo de cordel y...

—Pero ¿hará que mi padre se marche? —le interrumpió Rike con cierta preocupación, arrugando el ceño.

—Bueno, sí... —respondió Bast, cuya paciencia empezaba a resentirse con tanta interrupción—. Ya te lo he dicho. Tú llevas su sangre. Por eso este amuleto lo ahuyentará con más fuerza que ninguna otra cosa. Lo mejor es que te lo cuelgues del cuello para que...

—¿Y los osos? —preguntó Rike mientras observaba minuciosamente la piedra—. ¿Podría ahuyentar a un oso?

Bast hizo una pausa, pues se dio cuenta de que no le interesaba que el chico, ya de por sí impetuoso y semisalvaje, pensara que estaba a salvo de los osos.

—Los animales salvajes son diferentes —dijo—. Están poseídos por el más puro deseo. Ellos no quieren hacerte daño. Normalmente lo que quieren es comida, o protección. Lo que quiere un...

—¿Puedo dárselo a mi madre? —volvió a interrumpirlo Rike, levantando la cabeza y mirando a Bast. Estaba muy serio.

—... oso es proteger su terri... ¿Qué? —Bast no terminó la frase.

—Debería quedárselo mi madre —dijo Rike con repentina convicción—, porque ¿y si no estoy cerca con el amuleto y aparece mi padre?

—Tu padre estará demasiado lejos —repuso Bast con una voz grave que denotaba certeza—. No te creas que estará escondido a la vuelta de la esquina, detrás de la herrería…

El semblante de Rike se había endurecido y su chata nariz le hacía parecer aún más testarudo. Negó con la cabeza.

—Tiene que ser para mi madre. Ella es la más importante. Tiene que cuidar de Tess y de la pequeña Bip.

Bast agitó una mano.

—No te preocu…

—¡Tiene que ser para ella! —gritó Rike. De repente se enfureció y encerró la piedra en el puño—. ¡Has dicho que servía para una persona, así que haz que sirva para ella!

Bast miró al chico con el ceño fruncido.

—No me gusta tu forma de hablar —dijo con enojo—. Me has pedido que haga desaparecer a tu padre, y eso es lo que me dispongo a hacer.

—Pero ¿y si no es suficiente? —replicó Rike con un tono más calmado, aunque se había puesto muy colorado.

—Lo será —aseguró Bast. Se frotó distraídamente las heridas de los nudillos con el pulgar—. Se irá muy lejos, y pronto. Tienes mi palabra.

—¡NO! —gritó Rike colérico—. ¿Y si con eso no basta? ¿Y si yo me vuelvo como mi padre? A veces me pongo… —Se le quebró la voz y las lágrimas empezaron a desbordarse de sus ojos—. No soy bueno. Lo sé. Lo sé mejor que nadie. Como tú has dicho. Llevo la sangre de mi padre. Necesito proteger a mi madre. De mí mismo. Si cuando me haga mayor me tuerzo, ella necesitará el amuleto para... Necesitará algo para hacerme desa...

Rike apretó los dientes, incapaz de continuar.

Bast le puso una mano en el hombro. El chico estaba rígido como un tablón de madera. Poco a poco, Bast lo fue acercando a él hasta rodearlo con los brazos. Se quedaron largo rato abrazados; Rike estaba tirante como la cuerda de un arco, temblando como una vela tensada contra el viento.

—Rike —dijo Bast en voz baja—, eres buena persona. ¿Lo sabías?

Entonces el chico cedió: se dejó caer contra Bast y dio la impresión de que iba a romperse de tanto sollozar. Con la cara hundida en el torso de Bast, dijo algo, pero sus palabras sonaron amortiguadas e inconexas. Bast emitió un suave ronroneo, como el que usarías para calmar a un caballo o una colmena de abejas inquietas.

Pasó la tormenta. Rike se separó de Bast y se frotó bruscamente la cara con la manga. El rojo del ocaso se había extendido, cubriendo todo el cielo de jirones rosa y carmesí.

—Está bien —dijo Bast alzando la vista al cielo—. Es la hora. Lo haremos para tu madre.

Bajaron a la orilla del riachuelo, donde ambos bebieron y Rike se aseó y se recompuso un poco. Cuando el chico se hubo lavado la cara, Bast vio que no todas las manchas eran de suciedad. Era fácil confundirse. El sol estival le había tostado la piel, donde también se acumulaba una cantidad considerable de porquería. Incluso después de lavarse costaba distinguir que, en realidad, aquellas manchas eran restos de cardenales.

Pero, a pesar de los rumores, Bast tenía buena vista. Aunque la luz seguía menguando, le bastó fijarse un poco para verlos. En la mejilla y el mentón. Una mancha oscura alrededor de una flaca muñeca. Y, cuando Rike se agachó para beber del riachuelo, Bast también alcanzó a verle la espalda...

Bast permaneció inusitadamente callado mientras guiaba a Rike hasta el itinolito del pie de la colina. El chico lo siguió sin decir nada cuando trepó por un lado de la piedra semicaída. En el ancho lomo de la piedra había espacio de sobra para los dos.

Rike miró alrededor inquieto, como si temiera que alguien pudiese verlos. Pero estaban solos. Era ese momento en que el día se pliega, la hora a la que todos los niños del pueblo regresaban a sus casas, donde los esperaba la cena. Iban corriendo, para llegar antes de que la noche se hubiese apoderado por completo del cielo.

Se quedaron de pie, cara a cara, sobre el gran itinolito: una silueta alta y oscura que parecía un hombre; una silueta más pequeña y oscura que parecía un niño.

—Tendremos que hacer algunos cambios para que le sirva a tu madre —dijo Bast sin más preámbulo—. Tendrás que dárselo tú. La piedra de río funciona mejor si se ofrece como regalo.

Rike asintió con seriedad, mirando la piedra que tenía en la mano.

—¿Y si no se lo cuelga? —preguntó en voz baja.

Bast parpadeó desconcertado.

—Se lo colgará porque se lo has regalado tú —dijo.

—Pero ¿y si no se lo cuelga? —insistió el chico.

Bast abrió la boca, titubeó y volvió a cerrarla. Miró hacia arriba justo a tiempo para ver salir las primeras estrellas del crepúsculo. Luego miró a Rike. Suspiró. Aquello no se le daba nada bien.

Había una gran parte que no entrañaba dificultad. Era más fácil leer los corazones que los libros. La glamoría, en realidad, no tenía mucho misterio: consistía en hacer que la gente viera lo que ya tenía previsto ver. Y para engañar a los necios no se precisaba un gran dominio de la grammaría.

Pero aquello… Convencer de la verdad a alguien que estaba demasiado retorcido para verla. ¿Cómo podía Bast empezar a aflojar semejante nudo?

Era desconcertante. Aquellas criaturas, raídas y desgastadas por su deseo. Las serpientes nunca se envenenaban a sí mismas; aquella gente, en cambio, lo convertía en un arte. Se envolvía en temores y lloraba porque estaba ciega. Era exasperante. Era suficiente para destrozarte el corazón.

Así que Bast optó por la solución más fácil.

—Forma parte del encantamiento —mintió—. Cuando le des el amuleto, tienes que decirle que se lo has hecho porque la quieres.

El chico parecía incómodo, como si intentara tragarse una piedra.

—Es la única manera de que funcione como es debido —dijo Bast con firmeza—. Y, si quieres que la magia sea realmente poderosa, tienes que decirle que la quieres todos los días. Por la mañana y por la noche.

El chico inspiró hondo, se armó de valor y asintió con la cabeza, con gesto decidido.

—Vale. Eso puedo hacerlo.

—Muy bien —dijo Bast—. Primero, di el nombre de tu padre.

—Jessom Williams —dijo Rike. Se notó que habría preferido escupir.

Bast asintió.

—Siéntate aquí. Pínchate el dedo.

Se sentaron frente a frente en el itinolito, ambos con las

piernas cruzadas. Bast puso su pañuelo sobre la piedra, y Rike colocó encima la oscura piedra de río antes de coger la aguja y pincharse la yema de un dedo.

Entonces Rike volvió a coger la piedra y observó atentamente cómo una gota de sangre brotaba de su dedo y caía sobre la superficie lisa y oscura.

—Tres gotas —dijo Bast sin rodeos.

El chico dejó caer dos gotas más y luego frotó la piedra, cuyo oscuro color no cambió en absoluto bajo la luz menguante.

Bast cogió el pañuelo, pero, cuando volvió a levantar la cabeza para dárselo a Rike, lo que vio lo dejó paralizado.

Justo por encima del hombro del chico se veía el extremo negro del árbol del rayo, que se erguía, austero, contra el intenso cielo del crepúsculo. Y, sobre la cabeza de Rike, el creciente de luna. Suspendido allí como la hoja de una hoz. Un cuenco.

Colgaba sobre la cabeza del chico, reluciente como el hierro. Descansaba allí como una corona, como unos cuernos. ¡Claro!

Entonces Bast soltó una carcajada salvaje y gozosa. Volvió a reír, y el estallido de su risa sonó a niños que juegan en el agua, a campanas y a pájaros, a alguien rompiendo cadenas.

Sonrió a Rike y, aunque él no lo sabía, en ese momento Bast era la viva imagen del demonio.

Con una amplia y blanca sonrisa en los labios, alargó la mano; la risa loca todavía borboteaba en su voz.

—¡Bien! —dijo con un dejo de triunfo en la voz—. ¡Dame la aguja!

Rike titubeó.

—Has dicho que solo hacía falta...

Bast volvió a reír. Sabía que no debía hacerlo, pero a veces se sentía tan lleno que tenía que elegir entre reír o abrirse en canal. Habría sido como reprimir un estornudo. A veces se revelaba tan perfectamente que el mundo era un chiste, un cuadro y un rompecabezas, todo a la vez. La risa era el sincero aplauso que le ofrecía al mundo por ser tan bello.

Y si todavía quedaba algún pequeño aplauso para él, se lo merecía. No era poco arreglárselas para encontrar el camino y alinearse con la perfecta costura de todo lo demás. Pero si además tienes arte para ver que allí es donde te encuentras... Entonces eliges. Rasgas la costura o coses. Entonces es cuando descubres la clase de artista que realmente eres.

—No me digas lo que he dicho. —Pero, aunque Bast hablaba con una voz alta y potente, esta no era afilada ni dura. Alzó la vista al cielo, que iba tornándose morado a medida que avanzaba el crepúsculo—. Coloca la piedra plana, con el agujero mirando hacia arriba.

Rike obedeció.

—Y la aguja.

Rike se la tendió. Bast la cogió con muchísimo cuidado, como si cogiera un tallo de ortiga. Como si su pulgar y su índice sujetaran una serpiente.

Cerró los ojos y escuchó la respiración de Rike, la brisa. Su lugar. Oyó el lento discurrir del riachuelo que rodeaba el pie de la colina en la dirección de las agujas del reloj. Lo sintió fluir en sus huesos, girando como se gira para crear.

Bast sonrió y abrió los ojos.

—Sujétala bien.

Bajo la luz menguante, Rike lo miró fijamente. Bast tenía los ojos más oscuros que la oscuridad. Sonreía como un crío que sabe que es listo, ágil y lo bastante atrevido para robar la luna.

Bast se pinchó el pulgar con la aguja. Brotó una gota de sangre. Giró la mano haciendo un movimiento extraño en el aire. La gota, negra, quedó colgando un momento antes de soltarse; pasó a través del centro del amuleto y cayó sobre el itinolito.

No se oía nada. El aire no se movía. No había truenos a lo lejos. Lo más que podía decirse era que la noche estaba en calma.

—¿Ya está? —preguntó Rike al cabo de un momento; era evidente que él esperaba algo más.

—Esto ha sido el principio, y ha ido bien —dijo Bast, y se lamió la sangre del pulgar. Entonces movió un poco la

boca y escupió la cera de abeja que había estado masticando. La amasó con los dedos hasta formar una bola y se la dio a Rike.

—Frota la piedra con esto, y luego ve a sentarte junto al árbol del rayo.

Rike miró hacia los restos del ocaso en el cielo.

—Es que… mi madre se preguntará dónde estoy.

Bast asintió en señal de aprobación.

—Está muy bien que pienses en eso. Pero todavía tenemos que hacer el resto. —Señaló el árbol—. ¿Sabes qué es una vigilia?

Rike asintió un tanto aturdido; ya no parecía tan seguro como antes.

—Ahora viene la segunda parte. Tienes que hacer una vigilia con tu amuleto —dijo Bast—. Sostienes el amuleto y me esperas. Reflexiona sobre quién eres y quién quieres ser. Y, cuando acabes de pensar en eso, piensa en cuánto quieres a tu madre. —Bast volvió a mirar hacia arriba—. La tercera parte vendrá después, cuando la luna haya ascendido un poco más.

Rike se levantó y empezó a subir la colina.

Bast saltó ágilmente del itinolito y enseguida se perdió entre los árboles.

CREPÚSCULO:
ZANAHORIAS

Bast iba de regreso a la posada Roca de Guía cuando, a mitad de camino, se dio cuenta de que no tenía ni idea de dónde había dejado las zanahorias.

NOCHE: DEMONIOS

Cuando Bast entró por la puerta trasera de la posada, lo recibió el olor a pan recién hecho, a cerveza oscura y a la pimienta del guiso que hervía a fuego lento. En la cocina, miró alrededor y vio la tapa de la tetera y migas en la tabla del pan. Ya se había servido la cena.

Pisando sin hacer ruido, se asomó por la puerta de la taberna. Encorvados en la barra estaban los de siempre. El viejo Cob y Graham rebañaban sus cuencos. El aprendiz del herrero pasaba trozos de pan por el interior de su cuenco y se los metía en la boca de uno en uno. Jake untaba con mantequilla la última rebanada de pan. Shep golpeó la barra educadamente con su jarra vacía, y el ruido hueco que hizo era una interrogación.

Bast entró presuroso por la puerta con un cuenco lleno de guiso para el aprendiz del herrero, mientras el posadero le servía más cerveza a Shep. Recogió el cuenco vacío y volvió a meterse en la cocina, para salir al cabo de un momento con otra hogaza de pan humeante y a medio rebanar.

—A que no adivináis de lo que me he enterado hoy —dijo el viejo Cob con la sonrisa de suficiencia de quien sabe que tiene la mejor noticia de la mesa.

—¿De qué? —preguntó el aprendiz del herrero con la boca llena.

El viejo Cob alargó la mano y cogió el cuscurro del pan, un derecho que ostentaba por ser la persona de más edad allí presente, a pesar de que en realidad no era el más viejo y de que nadie más tenía preferencia por el cuscurro. Bast sospechaba que lo cogía porque estaba orgulloso de conservar tantos dientes.

Cob sonrió.

—Adivínalo —le dijo al chico. Untó mantequilla en el pan y le dio un bocado.

—Supongo que tiene algo que ver con Jessom Williams —comentó Jake despreocupadamente.

El viejo Cob, con la boca llena de pan, tuvo que limitarse a fulminarlo con la mirada.

—Lo que a mí me han contado —continuó Jake arrastrando las palabras y sonriendo mientras el viejo Cob, furioso, masticaba a toda prisa para poder hablar— es que Jessom estaba montando sus trampas cuando lo atacó un puma. Logró escapar, echó a correr, se perdió y se cayó por Littlecliff. Se lastimó de lo lindo.

El viejo Cob por fin consiguió tragar.

—Eres más tonto que barrer el desierto, Jacob Walker. ¿Un puma, dices?

Jake hizo una breve pausa antes de contestar:

—Parece lógico…

—No sé qué te pasa con los pumas —dijo el viejo Cob, mirándolo con el ceño fruncido—. Lo que me han contado a mí es que Jessom estaba tan borracho que no se tenía en pie. Eso sí que parece lógico. Porque Littlecliff no está cerca de donde él pone las trampas. A menos que creas que un puma lo persiguió casi dos millas.

El viejo Cob se recostó en la silla, engreído como un juez.

Jake lo miró con odio, pero, antes de que tuviera ocasión de seguir especulando sobre los pumas, Graham intervino:

—Lo han encontrado unos niños que jugaban en las cascadas. Creyendo que estaba muerto, han ido a buscar al alguacil. Pero resulta que solo estaba inconsciente y más borracho que una cuba. La niña ha dicho que olía a licor, y además se había cortado con cristales rotos.

El viejo Cob alzó ambas manos.

—Maravilloso, ¿no? —Miró con el ceño fruncido a Graham y a Jake—. ¿Hay alguna otra parte de mi historia que os gustaría contar antes de que yo haya terminado?

Graham se sorprendió.

—Creía que habías...

—No, no había terminado —dijo Cob como si hablase con un mentecato—. Lo estaba contando despacio. ¡Que Tehlu nos asista! Con todo lo que no sabéis sobre el arte de contar historias se podría escribir un libro.

Se produjo un tenso silencio entre los amigos.

—Yo también tengo una noticia —dijo el aprendiz del herrero casi con timidez. Estaba sentado a la barra y ligeramente encorvado, como si se avergonzase de sacarles una cabeza a todos y de tener las espaldas el doble de anchas—. Bueno, si nadie la ha oído ya, claro.

—Adelante, muchacho —lo animó Shep—. No tienes que pedirnos permiso. Esos dos llevan años peleándose, pero no lo hacen en serio.

El aprendiz del herrero asintió con la cabeza y no se inmutó cuando lo llamaron «muchacho», a pesar de que era él quien se ocupaba de casi todo el trabajo de la forja del pueblo, y de que ya llevaba dos años bebiendo con aquellos hombres.

—Pues estaba forjando herraduras —dijo el aprendiz— y apareció Martin el Chiflado. —Sacudió la cabeza con perplejidad y tomó un largo trago de cerveza—. Solo lo había visto un par de veces en el pueblo y no me acordaba de lo corpulento que es. No tengo que levantar la barbilla para mirarlo, pero aun así creo que es más alto que yo. ¡Y hoy estaba hecho un energúmeno, os lo aseguro! ¡Parecía que alguien hubiese atado dos toros furiosos y les hubiese puesto una camisa! —El muchacho rio con la típica risa suelta y exagerada de quien ha bebido un poco más de cerveza de la que bebe normalmente.

Hubo una pausa.

—¿Y la noticia cuál es? —preguntó Shep cordialmente, dándole un golpecito con el codo.

—¡Ah! —dijo el aprendiz—. Ha venido a preguntarle al maestro Ferris si tenía cobre suficiente para arreglar una tetera grande. —Abrió sus largos brazos y estuvo a punto de darle en la cara a Shep con una mano—. Por lo visto alguien ha encontrado su alambique. —El aprendiz se inclinó hacia delante, tambaleándose un poco, y añadió en voz baja—: Le han robado bastante vino y le han estropeado un poco su escondrijo. —Entonces se echó hacia atrás y se cruzó de brazos con gesto orgulloso, convencido de que había contado muy bien su historia.

Pero no se oyeron los murmullos que suelen acompañar la revelación de un buen chisme. El muchacho bebió otro trago de cerveza y, poco a poco, puso cara de desconcierto.

—¡Que Tehlu nos asista! —se lamentó Graham, que había palidecido—. Martin lo matará.

—¿Cómo? —dijo el aprendiz, mirando alrededor y pestañeando como un búho—. ¿A quién?

—A Jessom, inútil —le espetó Jake. Intentó darle una colleja al muchacho, pero no llegó hasta su nuca y tuvo que contentarse con el hombro—. El tipo que se emborrachó en pleno día y se cayó por el acantilado.

—Creía que lo había atacado un puma —dijo el viejo Cob con malicia.

—Cuando Martin lo encuentre, lamentará que no fueran diez pumas —dijo Jake con gravedad.

—¿Cómo? —El aprendiz se rio—. ¿Martin el Chiflado? Está un poco ido, sí, pero no es mala persona. Hace un mes me acorraló y se pasó dos horas contándome gilipolleces sobre la cerveza. —Volvió a reír—. Hablándome de lo sana que es. Diciéndome que el trigo es muy malo para la salud. Y que el dinero es una porquería porque te ata a la tierra o qué sé yo.

Entonces el aprendiz bajó la voz, encorvó un poco los hombros, abrió desmesuradamente los ojos e hizo una imitación pasable de Martin el Chiflado.

—«¿Me entiendes?» —dijo con voz ronca y mirando a uno y otro lado—. «Sí, me entiendes. ¿Has oído lo que te digo?».

El aprendiz rio otra vez, un poco más fuerte que si hubiese estado del todo sobrio.

—La gente cree que debe temer a las personas corpulentas, pero se equivoca. Yo no le he pegado a un hombre en mi vida.

Todos se quedaron mirándolo. Estaban sumamente serios.

—Martin le mató un perro a Ensal un día de mercado, hace un par de años —dijo Shep—. En medio de la calle. Le lanzó una pala como quien lanza una jabalina.

—Estuvo a punto de matar al último sacerdote —añadió Graham con la jarra en la mano antes de dar un trago—. El anterior al padre Leoden. Nadie sabe por qué. El sacerdote fue a casa de Martin. Esa noche, Martin lo llevó al pueblo en una carretilla y lo dejó delante de la iglesia. Le había roto la mandíbula, unas cuantas costillas y no sé cuántos huesos más. El sacerdote tardó tres días en despertar. —Miró al aprendiz—. Pero eso pasó antes de que llegases tú. Es lógico que no lo sepas.

—Una vez le arreó un puñetazo a un calderero —dijo Jake.

—¿Que le arreó un puñetazo a un calderero? —intervino el posadero, incrédulo.

—Reshi —dijo Bast con voz calmada—, Martin está completamente loco.

Jake asintió.

—Ni siquiera el oficial de reclutamiento se atreve a acercarse a la casa de Martin.

Pareció que Cob iba a discutir otra vez con Jake, pero entonces decidió adoptar un tono más amable y dijo:

—Sí, es cierto. Pero eso es porque Martin ya pasó ocho años en el ejército del rey.

—Y regresó enloquecido como un perro rabioso —dijo Shep, pero lo dijo en voz baja.

El viejo Cob ya había bajado de su taburete e iba camino de la puerta.

—Basta de hablar. Tenemos que avisar a Jessom. Si puede marcharse del pueblo hasta que Martin se haya enfriado un poco…

—¿Hasta… que se muera? —dijo Jake—. ¿Te acuerdas de cuando lanzó un caballo por la ventana de la antigua posada porque se negaban a servirle otra cerveza?

—¿A un calderero? —repitió el posadero, igual de perplejo que la primera vez.

Se oyeron pasos en el zaguán y todos guardaron silencio. Miraron hacia la puerta de la taberna y se quedaron inmóviles como estatuas; todos excepto Bast, que fue despacio hacia la cocina.

Todos soltaron un gran suspiro de alivio cuando vieron aparecer la figura alta y delgada de Carter, que entró, cerró la puerta y no se fijó en la tensión que dominaba en la habitación.

—¿A que no adivináis quién os invita a todos a una ronda de whisky esta noche? —dijo alegremente nada más entrar, y entonces, desconcertado al ver la sala llena de caras largas, se paró en seco.

El viejo Cob se dirigió de nuevo hacia la puerta, y le hizo señas a su amigo para que lo siguiera.

—Vamos, Carter, ya te lo explicaremos por el camino. Hay que encontrar a Jessom cuanto antes.

—Pues vais a tardar un buen rato en encontrarlo —dijo Carter—. Porque acabo de llevarlo a Baedn.

Todos los presentes se relajaron.

—Por eso llegas tan tarde —observó Graham con alivio. Volvió a sentarse en su taburete y golpeó la barra con los nudillos. Bast le sirvió otra cerveza.

—No tan tarde —refunfuñó Carter arrugando el ceño—. He ido a Baedn y he vuelto. Aunque el camino estuviese seco y mi carro vacío, he hecho el trayecto con muy buen tiempo.

El viejo Cob le puso una mano en el hombro.

—No, no es eso —dijo, guiando a su amigo hacia la barra—. Es que estábamos un poco asustados. Seguramente le has salvado la vida a ese pobre desgraciado llevándotelo del pueblo. —Entornó los ojos y agregó—: Aunque ya os he dicho que no deberíais ir solos por los caminos tal como están las cosas.

El posadero fue a buscarle un cuenco a Carter en tanto que Bast salía a encargarse de su caballo. Mientras el recién llegado se comía la cena, sus amigos le contaron el cotilleo del día con cuentagotas.

—Ahora lo entiendo todo —dijo Carter—. Jessom se

presentó apestando a alcohol y como si lo hubieran vapuleado siete demonios.

—¿Solo siete? —preguntó Bast.

Carter bebió un sorbo y pareció cavilar más de lo necesario sobre aquella pregunta.

—Sí. Pero todos diferentes. Como si a uno le entusiasmara pegar con los nudillos, a otro con la vara, a otro… —Se interrumpió y arrugó el ceño; se había dado cuenta de que solo se le ocurrían dos tipos de demonios.

—Y como si otro lo hubiera perseguido con una botella rota —intervino Shep. En su juventud había viajado un poco como guardián de caravanas, y había presenciado peleas bastante salvajes.

—¡Y como si otro hubiese llegado cuando ya lo habían derribado…! —intervino el aprendiz del herrero, y alzó su jarra casi vacía.

—No me imagino a un demonio pegando con una vara —le dijo Graham a Jake—. No creo que le hiciera mucho daño con ella.

—Pues yo prefiero un puñetazo en el estómago que una paliza con la vara —replicó Jake con filosofía—. Mi abuela apenas podía levantar un gato del suelo, pero cuando sacaba la vara me hacía ver las estrellas.

—¡… y le hubiese arreado una patada en todos los huevos! —añadió el aprendiz, acompañando sus palabras de un entusiasta movimiento del pie.

El viejo Cob carraspeó, y todos interrumpieron la conversación.

—Vamos a suponer que fue un grupo variado de demonios —dijo, mirándolos a todos con gravedad antes de hacerle una señal a Carter para que continuara.

—No sé cuántos eran —admitió Carter—, pero os aseguro que esos demonios lo dejaron para el arrastre. Estaba hecho un desastre, le pasaba algo en el brazo y cojeaba. Me ha pedido que lo llevara a Iron Hall, y allí mismo se ha alistado al servicio del rey.

Carter tomó un sorbo de cerveza.

—Entonces ha cambiado la moneda de la paga y me ha ofrecido el doble por llevarlo hasta Baedn. Le he preguntado si quería pasar a coger ropa o algo, pero por lo visto llevaba mucha prisa.

—No necesita llevarse nada —dijo Shep—. En el ejército lo vestirán y le darán de comer.

Graham suspiró.

—Se ha librado por los pelos. ¿Os imagináis lo que habría pasado si Martin hubiese dado con él?

—¿Os imagináis lo que pasaría si el azzie viniera a buscar a Martin? —dijo Jake sombríamente.

Se quedaron todos callados. De vez en cuando fallecía alguien. Pero un asesinato flagrante exigía la aplicación de la ley de la Corona. No costaba demasiado imaginar los problemas que acarrearía que un guardia de la Corona fuera agredido allí, en el pueblo, al intentar detener a Martin el Chiflado. El aprendiz miró alrededor y escudriñó el rostro de los presentes.

—¿Y la familia de Jessom? —preguntó con inquietud—. ¿Y si Martin va a por ellos?

Los hombres que estaban en la barra sacudieron la cabeza a la vez.

—Martin está grillado —dijo el viejo Cob—, pero no es de esa clase de hombres. Él jamás le haría daño a una mujer ni a sus críos.

—Me contaron que a aquel calderero le pegó porque se estaba tomando demasiadas libertades con la joven Jenna —aportó Graham.

Todos refunfuñaron al oír eso, y fue como si se oyeran truenos a lo lejos.

Cuando el murmullo disminuyó, hubo un momento de silencio.

—No, no fue por eso —dijo el viejo Cob en voz baja.

Sorprendidos, todos se dieron la vuelta y lo miraron. Conocían a Cob de toda la vida, y habían oído todas las historias que sabía. Era casi impensable que los hubiese privado de alguna.

—Alcancé al calderero cuando él casi había terminado su trabajo —dijo Cob sin levantar la vista de su jarra de cerveza—. Había esperado, porque quería pedirle unos artículos... de uso personal. —Hizo una pausa, suspiró y se encogió de hombros—. Se le fue un poco la lengua con el asunto. —Cob tragó saliva—. Y…, bueno, ya me conocéis. Le dije que más valía que tuviese cuidado.

El anciano hizo otra pausa.

—Y entonces me… empujó. Y me pilló desprevenido, así que me caí. Y él… Bueno, pues… me pegó una paliza. —El humo de la chimenea hacía más ruido que los otros hombres que estaban en la sala, mientras, abstraído, el viejo Cob hacía rodar su jarra entre las manos sin levantar la cabeza—. Y también me dijo unas cuantas cosas. Aunque no recuerdo todos los detalles, lo siento.

Por su cara pasó la sombra de una sonrisa; por fin levantó la mirada de su cerveza.

—Entonces Martin apareció por la curva del camino. —Miró a Jake y a Graham—. Ya sabéis que a veces Martin se queda un poco atontado, ¿no?

Jake dijo que sí con la cabeza.

—Una vez apareció en mi jardín. Me preguntó por qué los postes de mi valla no cuadraban. Yo no entendí a qué se refería, y él no entendió mis explicaciones. Pero siguió insistiendo como un perro que se muerde la propia pata. Estuvo dándome la tabarra hasta que se puso el sol. No podía comprenderlo. Y por lo visto tampoco podía marcharse sin haber resuelto el dilema.

Cob se frotó la nariz.

—Eso es —dijo—. No conozco a nadie tan propenso a quedarse encallado en el barro como Martin. Pero esa noche en particular, Martin me vio allí, y vio a aquel desgraciado cerniéndose sobre mí con sangre en los nudillos... —Cob sacudió la cabeza al recordarlo—. Os aseguro que no se quedó atontado. No dijo nada. Ni siquiera pestañeó. Ni siquiera rompió el paso. Solo se desvió un poco y se acercó al calderero.

El viejo Cob rio con amarga satisfacción.

—Parecía un martillo golpeando un jamón: lo levantó y lo estrelló contra la calzada. Voló diez pies, os lo juro. Entonces me vio tumbado boca arriba en el suelo, como un escarabajo; volvió a donde estaba el calderero y le pegó bien fuerte con la bota. —Miró al aprendiz del herrero y asintió con la cabeza—. Le arreó una señora patada, pero habría podido dársela aún mucho más fuerte. Y fue solo una. La expresión de su cara era estremecedora. Comprendí que estaba echando cuentas mentalmente. Como un prestamista que hace sus cálculos.

—Aquel tipejo no era un verdadero calderero —dijo Jake en voz baja—. Me acuerdo de él.

Algunos de los presentes asintieron sin decir palabra. Todos guardaron silencio, dejaron que pasara un momento y bebieron de sus jarras.

—¿Y si Jessom vuelve al pueblo? —preguntó el aprendiz—. He oído decir que hay hombres que se emborrachan y se alistan, y que luego, después de dormir la mona, se cagan de miedo y huyen.

Todos reflexionaron sobre eso. Hacía tan solo un mes, una cuadrilla de la guardia real había ido al pueblo y había colgado un letrero donde se anunciaba la recompensa por entregar a desertores del ejército.

—Que Tehlu nos asista —dijo Shep sombríamente—. Se armaría un buen lío, ¿no os parece?

—Jessom no va a volver al pueblo —dijo Bast con toda tranquilidad. El tono con que lo dijo denotaba una certeza tan absoluta que todos giraron la cabeza y lo miraron.

Bast arrancó un trozo de pan y se lo metió en la boca sin darse cuenta de que se había convertido en el centro de atención. Entonces tragó e hizo un amplio ademán con ambas manos.

—¿Qué pasa? —preguntó riendo—. ¿Vosotros volveríais si supierais que Martin os está esperando?

Hubo un coro de gruñidos de negación y sacudidas de cabeza.

—Hay que ser un verdadero majadero para estropearle el alambique a Martin —dijo el viejo Cob.

—A lo mejor ocho años bastarán para que Martin se calme un poco —dijo Shep.

—Ya, y a lo mejor le presto un penique a un príncipe y él me lo devuelve —dijo Jake con pesimismo—. Pero no voy a quedarme sentado esperando.

MEDIANOCHE:
LECCIONES

Rike estaba sentado con aire solemne al pie del árbol del rayo cuando vio llegar a Bast. Se levantó, entumecido, y lo miró.

—¿Y ahora qué? —preguntó.

Bast asintió.

—Buena pregunta —repuso con gesto sombrío—. En muchos aspectos, es la única pregunta importante que existe.

Rike esperó pacientemente y no dijo nada.

—¿Recuerdas nuestro trato? —le preguntó Bast al chico.

Rike temblaba ligeramente, aunque Bast no habría sabido decir si era de miedo, de cansancio o de frío. Asintió con la cabeza lentamente.

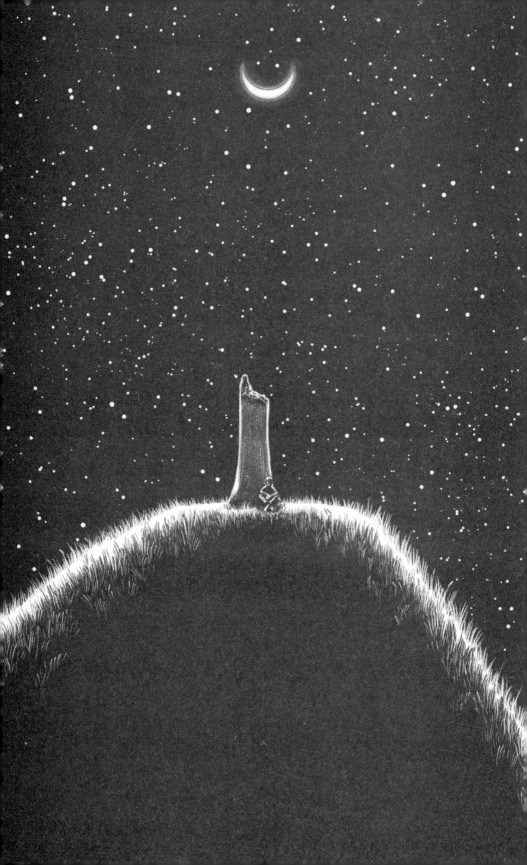

—Sí, señor.

Bast pestañeó al oír eso, solo una vez. Entonces alzó la vista y vio la luna justo encima de su cabeza. Encima del árbol. Encima del chico.

—Ahora vamos a ocuparnos de la parte más importante. Ya has tenido tiempo para pensar en ello. —Bast bajó la vista y miró al chico—. Bien. Cuéntame quién crees que eres.

Suponía que Rike farfullaría alguna respuesta indescifrable o callaría y se cerraría como una ostra, obligándolo a sonsacarle una respuesta.

Pero Rike lo sorprendió.

—Soy un mentiroso —dijo con voz firme y grave—. Odio con demasiada facilidad. Me enfado continuamente. —Tragó saliva—. Me gustaría tener un demonio en mi sombra, pero no lo tengo. Me gustaría ser simplemente despreciable, pero soy algo peor. Porque no es que sea bueno y de pronto algo me obligue a ser malo. —Agachó la cabeza—. Soy yo. Soy como mi padre.

Bast aceptó esa respuesta inclinando la cabeza, pero sin manifestar su conformidad con ella.

—Dime quién quieres ser.

Como la vez anterior, no hubo la más mínima vacilación.

—Quiero ser el niño que era cuando solo estábamos mi madre y yo —dijo, y de repente sus ojos se llenaron de lágrimas que resbalaron por su cara—. No quiero seguir sintiéndome como me siento. Quiero ser el niño que era antes.

Entonces Bast se acercó más a él con un movimiento sutil, extraño y elegante. Instintivamente, Rike intentó apartarse, pero tenía la espalda apoyada con firmeza en el liso y blanco tronco del árbol.

Bast fue lentamente hacia él, se agachó y acercó su cara a la de Rike. Tenía los ojos negros, del color de la luna cuando se va.

—Me perteneces —dijo—. Por completo. Hasta tu lengua y tus dientes son míos. Hasta tu nombre y el vello de tu nuca. —No era exactamente una pregunta, pero el tono de su voz dejaba claro que Bast esperaba una respuesta.

El chico asintió con la cabeza con un movimiento acartonado.

Bast estiró un brazo y puso una mano en el liso tronco del árbol, por encima de la cabeza de Rike. Luego, lentamente, caminó en el sentido contrario a las agujas del reloj hasta volver a situarse delante del chico.

—La parte de tu padre que vive en tu sombra: es mía. Tu miedo a parecerte a él cuando seas mayor: también es mío. La parte de ti que te odia, y que se cree con derecho a odiarte: eso también es mío. Me lo quedo para siempre. —Su voz semejaba un cincel golpeando una piedra—. Desde ahora.

Bast describió otro círculo alrededor del chico. Caminó contra el mundo, como se gira para romper.

—No eres mentiroso —dijo Bast—. Dilo.

Rike abrió la boca, pero no dijo nada.

Bast terminó de dar la vuelta alrededor del árbol y volvió a acercar su cara a la de Rike.

—Solo eres un chico que ha mentido. —Su voz era como un látigo—. Dilo.

—Solo he mentido —dijo Rike en voz baja—. No soy un mentiroso.

—Has hecho cosas malas —dijo Bast—, pero no eres malo. —Una pausa—. Dilo.

—No soy malo.

Despacio, como si caminara contra el viento o buceara en aguas profundas, Bast dio el paso que ponía fin a su tercera y última vuelta. No soplaba el viento. No cantaba ningún grillo. La noche, muda, se sostenía como una moneda en equilibrio.

Bast se detuvo ante el chico.

—No eres despreciable ni algo peor. —Bajó la mano que había apoyado en el árbol y la posó en el pecho de Rike, a la altura del corazón. Rike tenía los ojos cerrados, pero aun así notó que Bast se inclinaba hacia él—. Eres precioso como la luna —dijo Bast con voz suave y firme. Rike notó que el aliento de Bast le acariciaba suavemente la cara. Olía a violetas y a miel.

Sin abrir los ojos, Rike movió los labios.

Bast volvió a apoyar la mano en el tronco y giró alrededor del árbol en el otro sentido. Sus pasos describieron un círculo ceñido alrededor del árbol, alrededor del chico, alrededor de la luna que brillaba en lo alto. Giró en la dirección en la que gira el mundo, como se gira para dar forma, como se gira para doblar las cosas para que sean más lo que son. Y en ese instante, en ese lugar, Bast sujetó el deseo de su corazón como un clavo que clavaría con todas sus fuerzas en el mundo.

Otra vuelta en la dirección del sol. Bast se detuvo brevemente y puso la mano en el árbol, por encima de la cabeza de Rike.

—Piensa en todo lo que has hecho para protegerlos —dijo—. Eres valiente, y fuerte, y estás lleno de amor.

Bast deslizó los dedos alrededor del árbol y dio la tercera vuelta girando como se gira para crear. Completó el círculo, retiró la mano y se arrodilló para abrazar al chico.

Y, por último, le susurró al oído algo tan sincero que solo el chico pudo oírlo.

••••◦◉◦••••

Se quedó esperando a Rike al pie de la colina. Sentado en la gran piedra caída, balanceó distraídamente los pies mientras observaba a las luciérnagas, que intentaban flirtear con las estrellas que se reflejaban en el riachuelo. Sonrió y no pudo evitar quedar impresionado por aquella asombrosa pretensión. Si todo el mundo fuese tan valiente...

Entonces vio que Rike bajaba despacio por la ladera de la colina y sonrió casi exactamente del mismo modo. Kostrel tenía razón: había una forma fácil. Bastaba con aplicar capas, como si añadieras nata encima del glaseado de un pastel.

Sin decir nada, Bast saltó del itinolito y, juntos, echaron a andar lentamente por el bosque iluminado por la luna, siguiendo los senderos apenas visibles que solo conocen los ciervos y los niños. A mitad de camino, Bast se sorprendió cuando Rike, titubeante, estiró un brazo y le cogió la mano. Se sorprendió, pero no se sintió molesto; y, sin mirar al chico, le estrujó suavemente los dedos.

Atajaron por el huerto de frutales de los Alsom, pero las manzanas, pequeñas, todavía estaban verdes. Saltaron una hondonada por cuyo fondo discurría un riachuelo invisible. Asustaron a una zarigüeya, miraron las estrellas y se colaron por debajo del viejo seto que rodeaba el molino abandonado.

Permanecieron juntos hasta que vieron una luz ambarina en la ventana de la casa de su madre. Entonces Bast se detuvo y dejó que Rike diera él solo los últimos pasos.

•►►►•◗◗•►►►•

Era tarde en la posada Roca de Guía, y ya se habían marchado los últimos parroquianos. Debido a las noticias del día y a que Carter había llegado con dinero de sobra, había sido una noche más larga y animada de lo habitual.

Pero, aunque tarde, ahora Bast y el posadero, sentados en la cocina, daban cuenta del resto del guiso y media hogaza de pan.

—Dime, ¿qué has aprendido hoy, Bast? —preguntó el posadero.

Bast compuso una gran sonrisa.

—¡Hoy, Reshi, he descubierto dónde se baña Emberlee!

El posadero, pensativo, ladeó la cabeza.

—¿Emberlee? ¿La hija de los Alard?

—¡Emberlee Ashton! —Bast levantó los brazos e hizo un ruido de exasperación—. ¡Es la tercera chica más guapa en veinte millas a la redonda, Reshi!

—Ah —dijo el posadero, y, por primera vez ese día, una sonrisa sincera iluminó su rostro—. Algún día tienes que enseñarme quién es.

Bast también sonrió.

—Te llevaré allí mañana mismo —dijo emocionado—. Es dulce como la nata, y tierna y redonda como un bollo recién hecho. —Su sonrisa se ensanchó hasta alcanzar proporciones perversas—. Es lechera, Reshi. ¡Lechera! —añadió enfatizando la palabra.

El posadero sacudió la cabeza, pero no pudo evitar sonreír. Al final rio y levantó una mano.

—Me la señalas un día cuando la veamos pasar vestida, Bast —dijo estoicamente—. Con eso tengo suficiente.

Bast dio un suspiro de desaprobación.

—Te vendría bien salir un poco, Reshi.

El posadero se encogió de hombros.

—Puede ser —concedió mientras picoteaba distraídamente su guiso.

Comieron en silencio un buen rato. Bast intentó pensar en algo que decir.

—He conseguido las zanahorias, Reshi —dijo, sirviéndose en el cuenco los restos de guiso que quedaban en la olla de cobre.

—Mejor tarde que nunca, supongo —contestó el posadero. La breve risa que había dejado escapar hacía un momento era la última que le quedaba, y ahora estaba serio e impasible—. Las usaremos mañana.

Bast se removió en la silla, avergonzado.

—Es que es posible que después las haya perdido —confesó cohibido.

Eso le arrancó otra sonrisa al posadero, cansada pero sincera.

—No te preocupes, Bast. —Entonces hizo una pausa y,

entornando los ojos, se fijó en la mano de Bast—. ¿Cómo te has hecho eso?

Bast se miró los nudillos de la mano derecha. Ya no le sangraban, pero la herida no había desaparecido. La mano izquierda había salido mejor parada y solo estaba ligeramente magullada.

—Me he caído de un árbol —respondió. Sin mentir, pero sin contestar la pregunta. Era mejor no mentir descaradamente. Aunque ya no fuese más que la sombra de lo que había sido, a su maestro no era fácil engañarlo.

—Deberías tener más cuidado, Bast —dijo el posadero, removiendo su comida con desgana.

—He tenido cuidado, Reshi —repuso Bast—. Me he asegurado de caer sobre la hierba.

El posadero volvió a sonreír, pero solo eso.

—Con el poco trabajo que tenemos aquí, estaría bien que dedicaras más tiempo a tus estudios.

—Hoy he aprendido cosas, Reshi —protestó Bast.

El posadero levantó la cabeza.

—¿En serio? —preguntó, y no consiguió borrar el escepticismo de su voz.

—¡Sí! —asintió Bast con impaciencia y entusiasmo—. ¡Montones de cosas! ¡Cosas importantes!

Entonces el posadero arqueó una ceja y su mirada se volvió más penetrante.

—A ver, impresióname.

Bast pensó un momento; luego se inclinó hacia delante en la silla.

—Bien —dijo con la intensidad de quien se dispone a conspirar—. En primer lugar, y lo más importante. Sé de muy buena fuente que hoy Nettie Williams ha descubierto una colmena de abejas silvestres. —Sonrió con entusiasmo—. Es más, me han dicho que ha atrapado a la reina…

NOTA DEL AUTOR

Primera parte:
Agua grumosa sin sabor a nada

Voy a ser sincero contigo.

A lo largo de los años, me ha costado mucho trabajo escribir lo que quería escribir. En contadas ocasiones, ese trabajo ha sido difícil pero divertido. Una especie de desafío, más bien. Como intentar resolver un acertijo, o encontrar la forma de salir de una *escape room*.

Porque, normalmente, escribir no tiene nada de divertido. Es como conducir por una carretera con grandes baches. O tratar de comprar comida durante un tornado. O como uno de esos sueños donde intentas ir a un sitio importante pero, por mucho que corras, no logras moverte del sitio.

Pues bien, revisar esta historia para publicarla ha sido

uno de esos trabajos difíciles pero divertidos. Se fue complicando mucho más de lo que yo había previsto. Y, si bien me sentía culpable por lo que estaba tardando, en cada paso sentía que la historia mejoraba. Que mejoraba mucho. De modo que tenía la impresión de que el trabajo de más merecía la pena.

En cambio, esta nota del autor... ha sido un trabajo del segundo tipo. Decidí escribirla cuando el texto ya estuviese corregido y tras haber revisado las ilustraciones, porque creía que sería fácil. Pero aquí me tenéis, intentando reescribirla casi un mes más tarde de cuando pensaba tenerla acabada.

El problema no consiste exactamente en escribirla. Calculo haber escrito entre ocho mil y diez mil palabras que habrían podido componer una buena nota del autor. Conté la historia de cómo había surgido «El árbol del relámpago» y de cómo se había convertido en otra cosa diferente. Escribí sobre mis tribulaciones para buscarle otro título. Reflexiones sobre las características de los relatos feéricos. Otro texto que terminó siendo un ensayo sobre la universalidad cultural de la adivinación y una explicación de cómo aparecieron los embriles en Temerant. Apuntes interesantes. Fragmentos filosóficos. Anécdotas graciosas.

Pero no importaba cómo combinase todo eso: nada funcionaba.

Lo más probable es que no seas escritor, así que voy a intentar poner esto en otro contexto.

Imagínate que vas a la tienda, compras pollo, patatas y zanahorias, coges un puñado de hierbas frescas y te pasas todo el día preparando una sopa. Le añades sal, pimienta, ajo. Todas las cosas que te gustan. Todas las cosas que sabes que tienen buen sabor. Todas las cosas que deberían combinar bien para convertirse en una sopa deliciosa.

Y al final, después de tanto trabajo, a pesar de todo, lo que te sale es un agua grumosa y caliente sin sabor a nada.

Así me he pasado el último mes. No paro de juntar fragmentos que deberían componer una nota del autor, pero lo que obtengo es un texto largo y grumoso sin sabor a nada. Es exasperante, frustrante y aterrador a partes iguales.

Y aquí estoy. Tengo que terminar esto hoy. Me lo he prometido a mí mismo, se lo he prometido a mi editor y a mis hijos.

Mi plan es lo que estás viendo. Primero, voy a ser sincero contigo. Quería ofrecerte una nota del autor excelente. Quería que fuese entretenida, informativa, seria, ingeniosa, cautivadora, esclarecedora, divertida, interesante y simpática. Quería que dibujase una sonrisa en tu corazón y te hiciese olvidar las calamidades del mundo. Esa es la nota del autor que te mereces.

Pero por lo visto no puedo escribirla. Lo siento. Voy a

hacerlo lo mejor que pueda, y, si no es tan buena como esperabas, tendrás que perdonarme.

La segunda parte de mi plan es ingeniosa (o eso espero): voy a recurrir a lo único que siempre he sabido hacer, por muy mal día que haya pasado. Lo único de lo que nunca me he cansado en todos estos años. Lo único con lo que siempre disfruto.

Voy a contar unas cuantas historias sobre mis hijos.

Segunda parte:
Lo que me han enseñado mis hijos sobre mis historias

Situémonos en el escenario. Estos son los personajes:

Oot: mi hijo mayor. Preadolescente. Precoz. Empático. Considerado. Pelo rubio y largo. Mi pequeño y adorable vikingo.

Cutie: mi hijo pequeño. Diez y algo. Precoz. Empático. Travieso. Pelo rubio y largo. Mi dulce angelito.

••••◗◖••••

Cuando Oot tenía alrededor de dos años, le contaba muchas historias. Pero una de sus favoritas era la del Lobo Feroz.

Es el patrón oro de los cuentos para niños. Lo tiene todo. Es el paquete completo.

Practicando la memoria afectiva, puedo volver a cuando le contaba esta historia a Oot. Él estaba sentado en nuestra gran cama, no era más que una patata rosada con pañal, y me miraba. Me escuchaba y me pedía que le contara el mismo cuento una y otra vez. Porque, por si no lo sabías, a los niños les encanta que les cuenten el mismo cuento una y otra vez. Y otra. Y otra.

Hasta que un día, después de hacer un papel excepcional soplando y soplando (modestia aparte), mi hijo me miró y dijo en aquella lengua infantil chapurreada que yo entendía perfectamente: «Cuéntame la historia del Lobo Bueno».

Me sorprendió mucho. Le encantaba aquel cuento, y, como ya he comentado, a los niños les encanta oír la misma historia una y otra vez. Y otra. Y otra. Si alguna vez le has leído en voz alta a un niño, ya sabes hasta qué punto. Te llaman la atención si te saltas una sola palabra de una historia que les gusta.

Sin embargo, yo sabía muy bien lo que me estaba diciendo Oot. Sabía a qué se refería. De repente me lo imaginé como un productor de cine en miniatura dándome las notas sobre mi primer borrador de un guion cinematográfico. «Pat, querido. Me encanta lo que me has enviado. Es perfecto. ¡Dramatismo! ¡Hermandad! ¡Los soplidos! ¡Me encanta! ¡Primero paja, luego madera, luego ladrillos! ¡Qué ingenio! ¡Y la moraleja del final! ¡Increíble! ¡Eres un auténtico genio!».

Entonces, en mi imaginación, hace una pausa. Escoge sus siguientes palabras con cuidado, porque no quiere ofenderme…

«Pero el lobo… se come a los cerditos, ¿no? Y los cerditos son… animales con sentimientos. ¿No crees que es un poco cruel? No sé, le estás contando a un niño una historia protagonizada por un asesino en serie. Me gusta lo listo que es el cerdo del final. Es obvio que es el más inteligente. Eso lo dejas claro con los ladrillos. Pero engañando al lobo para que baje por la chimenea y caiga en una olla de agua hirviendo… ¿no estás intentando normalizar la tortura y el asesinato como venganza? ¿Dónde está el final feliz? ¿Le estás tratando de vender el concepto de justiciero a un crío de dos años? A ver, que estamos hablando de un cerdito, no de Batman. ¿Me equivoco?».

Y tenía razón. Me estaba diciendo que le encantaba la historia, pero ¿por qué tenía que ser tan malo el lobo? Y más concretamente: ¿por qué tenía que ser el lobo un ascesino caníbal cuyo comportamiento era tan atroz que solo podía remediarse mediante una de las trampas mortales más espantosas?

Lo que mi hijo me estaba pidiendo era, efectivamente, una historia sin tanto conflicto. Sin tensión ni hostilidad.

Sin muchos de los elementos que, según yo tenía entendido, eran esenciales en una narración.

La idea no era totalmente nueva para mí. Ya me había pasado catorce años escribiendo una novela de fantasía sin un solo combate de espadas, ejército de duendes ni amenaza de apocalipsis. Había evitado deliberadamente incluir a un león-dios torturado hasta la muerte, o a granjeros que vencían a tiranos o a magos locos. Nadie destruía nada en un volcán, acabando con la magia para siempre y entristeciendo a los elfos hasta tal punto que desaparecían del mundo.

Siempre había sospechado que una buena historia no necesitaba tantos desafíos. Escribí *El nombre del viento* con eso como uno de mis lemas, y, puesto que lo leyó mucha gente que además se lo recomendó a sus amigos, hay motivos para pensar que tenía razón.

Pero fue allí, tumbados en la cama, donde mi hijito de dos años me dio la prueba definitiva de que, al nacer, no somos pequeños monstruos sedientos de sangre, adictos a la discordia y al conflicto.

Ese día comprendí que las historias pueden ser amables y tiernas y, aun así, entretenidas. Debería haber más historias de ese tipo. Nos encanta el «soplaré y soplaré». Nos encantan los ladrillos. ¿Por qué no nos olvidamos de la creencia de que tiene que haber un lobo feroz, o ningún otro personaje feroz? ¿Por qué no incluimos a un lobo bueno?

Y hasta ahora mismo, mientras escribo esto, no me había dado cuenta de que Bast es eso: un lobo bueno.

(No sé qué opinarás tú, pero yo creo que, de momento, esta nota del autor me está quedando bastante bien. Estoy emocionado, la verdad).

Avancemos casi una década. Ya tengo el hábito de leerles a mis hijos por la noche. Todos los libros de la colección «La casa de la pradera». Algunos de Narnia. *Willy Wonka* (dos veces). *El Hobbit* (tres veces). *El último unicornio. El libro del cementerio.* Y otros, una mezcla muy ecléctica de géneros y épocas.

Habíamos empezado leyendo uno de los clásicos que a mí me hacía mucha ilusión presentarles a los niños. Y, aunque les gustó bastante, no estaban fascinados. Y, para mi sorpresa, yo tampoco. También me sorprendió lo difícil que era leer en voz alta. El libro tenía más de sesenta años, y la sintaxis… Digamos que el texto no fluía como nos habría gustado.

Así que decidimos cambiar de libro, y, como yo seguía con la idea de leer en voz alta, les propuse, medio en broma, leerles alguno de mis libros. Concretamente, *La música del silencio.*

La idea les hizo mucha ilusión. Muchísima ilusión. E

inmediatamente lamenté habérsela propuesto. Me sentía incómodo por alguna razón, aunque no habría sabido explicar por qué.

Ante todo, *La música del silencio* es un libro raro. No me interpretes mal: me encanta. Pero es un libro donde no ocurre nada. Más que una historia, es una anécdota de treinta mil palabras. No hay acción como tal. Ni argumento. Ni diálogos. Una vez oí que lo describían como «la historia de una niña triste que va cogiendo cosas y las vuelve a dejar», y, si bien no es un comentario especialmente halagador, es por completo cierto.

Pero, curiosamente, mis hijos estaban entusiasmados. De modo que cedí y llegué a un acuerdo con ellos. Les leería diez minutos. Si no les gustaba, o si les parecía demasiado rara, pararíamos y nadie se sentiría ofendido ni decepcionado.

Nos tumbamos en la cama y empecé a leer. Para mi sorpresa, no me pareció extraño. Había grabado el audiolibro en su momento, y recordaba que leer la historia en voz alta había sido fácil, incluso divertido.

Es más, los niños estaban metidísimos en la historia. Intrigadísimos. Estaban concentrados y cautivados por aquel breve y extraño relato de una chica que, sola, piensa en sus cosas y trata de desplazarse apaciblemente por su pequeño mundo subterráneo.

Así que seguí leyendo, y llegamos a la escena en la que Auri está nadando y Foxen se le resbala de los dedos.

Y Cutie, que estaba acurrucado bajo las mantas, en teoría bien calentito, amodorrado y a punto de quedarse dormido, de repente se incorpora en la cama y exclama: «¡Oh, no!». Tiene el cuerpo en tensión y la voz aguda, cargada de auténtica angustia. «¡Pero si siempre han estado juntos!».

Solo llevábamos veinte minutos leyendo. Mi hijo no sabía absolutamente nada sobre mi mundo ni sobre esos personajes.

A lo largo de los años he recibido muchas buenas críticas. He ganado premios. He encabezado listas de ventas. Mis libros han vendido más de diez millones de ejemplares en más de treinta y cinco idiomas. He hecho firmas con miles de personas. Hubo una en Madrid que duró catorce horas. He sido invitado de honor en un montón de convenciones. Una vez me abrazaron Felicia Day y Neil Gaiman el mismo día.

Lo que quiero decir es que he tenido una vida plena y satisfactoria. He tenido mi buena ración de elogios y aplausos. Y, si bien me considero en gran medida un fracaso profesionalmente hablando, puesto que soy improductivamente obsesivo, incoherente e impuntual, sé desde hace mucho tiempo que se me da bien esto de las palabras. Estoy orgulloso de lo que escribo.

Sin embargo, cuando mi hijo pequeño se incorporó en la cama, tan angustiado, tan emocionalmente compro-

metido con Auri y Foxen a pesar de que solo hacía die-
ciséis páginas que conocía su existencia..., recuerdo que
pensé: «Esto se me da bien» de una forma nueva, diferente.

También me hizo ver *La música del silencio* desde
otra perspectiva. No como un extraño proyecto paralelo
que solo les gustaría a algunos lectores porque ya eran
fans de mi obra, sino como algo que cualquiera podía
disfrutar. Como una historia amable que, de alguna manera, todavía parecía importante y emocionalmente sincera. Era algo que me enorgullecía haberle ofrecido al
mundo.

De no ser por eso, dudo que me hubiese sentido jus-
tificado para revisar y mejorar «El árbol del relámpago».
Desde luego, no habría hecho una revisión tan con-
cienzuda (como quien dice que va a cambiar el papel
pintado del recibidor, pero luego ve que el proyecto se le
va de las manos y acaba tirando todos los tabiques de
yeso, sustituyendo la instalación eléctrica y las tuberías,
y derribando una pared para hacer sitio a una isla de cocina). Ahora que está terminada, me alegro de haberla
hecho. Rike y Bast se merecían algo mejor, y ahora ya lo
tienen.

Tercera parte:
Carta abierta a mis hijos

Hola, chicos.

Acabo de leeros esta nota del autor para asegurarme de que estáis de acuerdo con todo lo que digo en ella. Que os parece bien que comparta esas cosas con mis lectores. Como ya hemos comentado muchas veces, el consentimiento es importante.

Escribí esta historia hace mucho tiempo. Tú eras muy pequeño, Oot, y tú, Cutie, eras básicamente un concepto. Eso significa que todos los niños que salen aquí fueron creados mucho antes de que yo tuviera experiencia con niños. Y, lo que es más importante, todavía no conocía la versión algo mayor de vosotros.

Eso significa un par de cosas.

La primera, que ninguno está basado en vosotros ni en cosas que habéis hecho ni dicho. Lo menciono porque alguien podría estar tentado de trazar paralelismos o especular sobre qué salió de dónde. Es propio del ser humano. Queremos descifrar las cosas y entender sus orígenes. Vosotros podríais estar tentados de hacerlo también en el futuro, y preguntaros si estas páginas contenían algún comentario sobre vosotros o vuestro comportamiento. Pues no, no contienen nada de eso. No os volváis locos buscándolo.

La segunda es que quiero decir que estoy muy orgulloso de lo bien que lo hice con estos niños, dada mi falta de experiencia. En mi opinión, han salido la mar de bien. Por lo visto no se me da tan mal inventarme cosas. ¿Quién lo iba a decir?

Sexta y última, gracias por ayudarme a escribir este libro, aunque no supierais que lo estabais haciendo. Gracias por dejarme leéroslo entero en voz alta mientras lo revisaba. Fue maravilloso compartirlo con vosotros. Vuestras reacciones me ayudaron a afinar muchas cosas, y me convencieron de que, aunque en la historia hay muchos elementos ocultos, nada de lo esencial estaba enterrado demasiado hondo.

En tercer lugar, gracias por la paciencia que habéis tenido hoy. Estos días de verano juntos son valiosísimos para mí. Hacía un tiempo precioso, nuestro jardín estaba exuberante, habíamos planeado jugar a un juego de mesa. Yo tenía previsto terminar mi nota del autor en un par de horas... pero me ha llevado más de siete. No os habéis quejado ni una sola vez y os habéis mostrado perfectamente comprensivos y educados. Vuestra bondad y vuestra consideración me impresionan. Incluso ahora os oigo abajo, preparando la mesa para la cena, hablando y cantando.

En definitiva, quiero que sepáis esto. Aunque estoy orgulloso de los niños que inventé para esta historia, no tienen nada que ver con vosotros. Vosotros sois mucho más bárbaros, pícaros y sensatos. Mucho más inteligentes y bondadosos. Sois tan increíbles que, si contara todo lo que hay que contar, nadie me creería. Y eso se debe a que sois fantásticos en todos los sentidos.

Y tú, que no eres mi hijo pero también me estás leyendo… A ti también te aprecio. Gracias por tu bondad y tu consideración. Gracias por tu paciencia. Gracias.

A todos los que estéis leyendo esto, y en especial a mis hijos: espero que estéis plenamente convencidos de que sois asombrosos. Sois fantásticos.

Sois preciosos, valientes y estáis llenos de amor.
Sois adorables como la luna.

PAT ROTHFUSS
Julio de 2023

P. D.: Si sentís curiosidad por las notas del autor que descarté, publicaré algunas en mi blog, blog.patrickroth-fuss.com.

Seguramente, gran parte de lo que escribí irá a parar al montón de las manzanas para sidra, pero no quiero perder las partes buenas. Como por ejemplo, la historia de los orígenes de «El árbol del relámpago» y de cómo se convirtió en este libro. Tampoco quiero perder algunas anécdotas sobre títulos, revisiones o cuentos feéricos. También hay una divagación sobre Robert Frost, spoilers, y el propósito del arte que podría merecer ser salvado.

Y lo mejor de todo: hay una conversación en la que Nate Taylor y yo contamos historias y hablamos de cómo trabajamos juntos (spoiler: Nate dibuja y yo doy la lata). También mostramos algunos de los primeros bocetos para que podáis ver hasta qué punto cambian las cosas, y aprovechamos la oportunidad para revelar algunas de las ilustraciones que nos encantaron, pero que tuvimos que suprimir de la versión final del libro.

SOBRE EL ILUSTRADOR

Nate Taylor se crio en cuevas excavadas en la nieve y aprendió a hablar viendo *Star Trek*. Ahora vive con su familia en el noroeste del Pacífico, donde trabaja por cuenta propia como ilustrador, historietista y retratista.

SOBRE EL AUTOR

Pat Rothfuss creció solo en los bosques del Medio Oeste, saqueando las bibliotecas locales en busca de sustento y asustando a los turistas. Ahora vive la mayor parte del tiempo en Temerant, donde le cuesta tomarse las cosas en serio, incluso escribir su biografía.